1%《パーセント》

①絶対《ぜったい》かなわない恋《こい》

このはなさくら・作
高上優里子《たかがみゆりこ》・絵

角川つばさ文庫

もくじ

ひまわりの花言葉《はなことば》：「私《わたし》はあなただけを見《み》つめる」

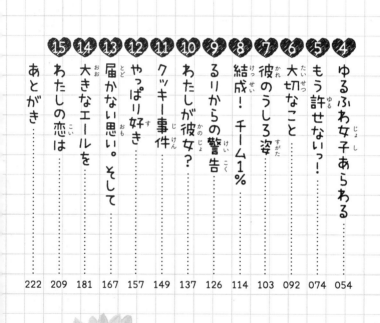

1%《パーセント》キャラクター紹介《しょうかい》

プロローグ

わたしが六歳《さい》だった年《とし》の夏《なつ》。家族《かぞく》四人《にん》そろって、花火大会《はなびたいかい》へ出《で》かけてね。そこで事件《じけん》ていうか、ちょっとした騒《さわ》ぎがあったんだ。

あとから聞《き》いた話《はなし》によると。ことの発端《ほったん》は、お兄《にい》ちゃん、だったんだって。

そのときお兄《にい》ちゃんは、わたしより三つ年上《としうえ》の小学《しょうがく》三年生《ねんせい》で。沿道《えんどう》の屋台《やたい》の中《なか》に、たこ焼《や》き屋《や》を見《み》つけたとたん、目《め》がキラリーン！

「たこ焼《や》きーっ」

と、猛《もう》ダッシュ。あっというまに人込《ひとご》みの中《なか》へまぎれ、見《み》えなくなってしまったの。

お母《かあ》さんは、カンカン！

「瑛斗《えいと》ったら。勝手《かって》なことばかりして！」

「まあ、まあ。いつものことじゃないか。息子《むすこ》ってやつは、たいていあんなものさ」

こういうとき。お母《かあ》さんをなだめるのは、お父《とう》さんの役目《やくめ》。

「だからって。人《ひと》が多《おお》いのに」

「あいつは三年生《ねんせい》なんだぞ。まったく、きみは心配性《しんぱいしょう》だなあ」

お父《とう》さんは、ハハハと笑《わら》いとばしたけど。お母《かあ》さんが心配《しんぱい》をするのには、わけがあるんだ。

お兄《にい》ちゃんはね、外《そと》へ飛《と》び出《だ》したが最後《さいご》。糸《いと》の切《き》れた凧《たこ》のように、なかなか帰《かえ》ってこないの。

そうと知《し》らないお父《とう》さんは、余裕《よゆう》の顔《かお》。

「いざとなったら、携帯《けいたい》で連絡《れんらく》がとれるだろう。そのために持《も》たせてあるんだから」

「そうだけど……」

「あいつを信《しん》じて、少《すこ》し待《ま》ってやろうじゃないか」

と言《い》ったところで、お父《とう》さんは異変《いへん》に気《き》づいた。

「おい、奈々《なな》は？　いないぞ。どこに行《い》ったんだ？」

「ええっ？」

「奈々《なな》、奈々《なな》！」

さっきまで手《て》をにぎっていたはずなのに、わたしの姿《すがた》がこつぜんと消《き》えていたから。

お父《とう》さんもお母《かあ》さんも、かなりびっくりしたんじゃないかな。

その証拠《しょうこ》にね。

お兄《にい》ちゃんが、たこ焼《や》きを片手《かたて》に戻《もど》ってきたときには、二人《ふたり》ともメチャクチャうろたえていて。

「瑛斗《えいと》！」

ガシッとお兄《にい》ちゃんの両肩《りょうかた》をつかんで、お父《とう》さんはさけんだらしいの。

「奈々《なな》がっ。奈々《なな》がいなあいっ！　おまえのあとを、ついていったんじゃないのかあっ！」

お父《とう》さんの必死《ひっし》の形相《ぎょうそう》に、おどろいたお兄《にい》ちゃん。

「えっ、まじ？　そんなこと急《きゅう》に言《い》われても……あっ！」

でもね、すぐ気《き》づいたんだって。

そういえば奈々《なな》も、おれに負《ま》けず、たこ焼《や》きが好《す》きだったな、って。


で、そのころ。

わたしは何《なに》をしていたのかというと――。


「おっ、おとうさあん！　おっ、おっ、おかあさあん！」

花火大会《はなびたいかい》の本部《ほんぶ》があるテントの中《なか》で、うわあああーん！　と泣《な》いていた。

たぶん涙《なみだ》と鼻水《はなみず》とで顔《かお》がグシャグシャになっていたと思《おも》う。

黄色《きいろ》のTシャツを着《き》たお姉《ねえ》さんが、

「あら、あら。大変《たいへん》」

冷《つめ》たいおしぼりでやさしく顔《かお》を拭《ぬぐ》ってくれた。

「泣《な》かなくていいのよ。ここで待《ま》っていれば、だいじょうぶ。お父《とう》さんとお母《かあ》さんが、きっと迎《むか》えに来《き》てくれるわ」

お姉《ねえ》さんは、にこっと笑《わら》ってくれたのだけど。

「ふぇう、ふえっ、えぐっ」

涙《なみだ》がぼろぼろ。とまらなくって。

「さっき放送《ほうそう》をかけたばかりなのよ。心配《しんぱい》しないで」

お姉《ねえ》さんは、そう言《い》ったあと、おそろいのTシャツを着《き》たおじさんに呼《よ》ばれて。

「ごめんね。いい子《こ》で待《ま》っててね」

あわただしくテントの外《そと》へ出《で》ていっちゃった。

「あっ」

どっ、どうしよう!

奈々《なな》、一人《ひとり》で待《ま》つの?

しゃくってばっかりだったから。胸《むね》が痛《いた》くなって。

死《し》んじゃいそうな気《き》がして。

「ふうえ、えっ、ううっ……」

わたしの泣《な》き声《ごえ》だけが響《ひび》く。

そんなときだった。

「うっさいなあ」

どこからか別《べつ》の声《こえ》がした。

「ひくっ」

びっくりして息《いき》をとめた。

「だ、だれ……?」

すると。

同《おな》じ年《とし》ぐらいの、髪《かみ》の短《みじか》い男《おとこ》の子《こ》がいたの。椅子《いす》の上《うえ》にあぐらをかいて座《すわ》ってて。

「しずかにしろって。アナウンス聞《き》こえてるじゃん。もうすぐ始《はじ》まるかもしれないだろ」

と文句《もんく》を言《い》ってきた。

「はっ、始《はじ》まるって、何《なに》が？」

ここにいるのは、わたしだけだと思《おも》ってた。目《め》をゴシゴシこする。

「花火《はなび》にきまってんじゃん」

男《おとこ》の子《こ》の目線《めせん》は、上《うえ》を向《む》いていた。

あ、そっか。花火《はなび》！　もうすぐ始《はじ》まるんだ。

テントの外《そと》を見《み》たら。近《ちか》くの林《はやし》の上《うえ》で、まあるいお月《つき》さまがこっちをのぞいていて。きれいだな、と思《おも》った。

そうしたら、ひゅるひゅる音《おと》がして。ドドーンと地響《じひび》きのように空気《くうき》が震《ふる》えたの。

ぱぱぱーん！

夜空《よぞら》に一つ、大《おお》きな花火《はなび》。

続《つづ》いて、たくさんの色《いろ》とりどりの花火《はなび》があがっていく。

ぱぱぱーん！　ぱぱぱーん！

「わあ、すごーい」

「ほらな」

男《おとこ》の子《こ》は得意《とくい》げに鼻《はな》をこすった。

「ここはさ、『ほんぶせき』ってところだから、よく見《み》えるんだってよ。さっき、おじさんが教《おし》えてくれたんだ。迷子《まいご》になって、いいこともあっただろ」

その子《こ》の言《い》うとおりだった。こんなに大《おお》きな花火《はなび》、いままで見《み》たことないんだもん。

それは、まるで魔法《まほう》のようで。

「う、うん……」

だけど。

じわっと周囲《しゅうい》の景色《けしき》がぼやける。

「うわ、なんだよ。また泣《な》くのかよ。どんだけ甘《あま》ったれなんだ」

わたしがまた泣《な》きだしたので。男《おとこ》の子《こ》は焦《あせ》ったみたい。

「ふぇっ。だって、だって」

「あのな。すぐに迎《むか》えが来《こ》なくても、花火《はなび》が終《お》わったら会《あ》えるだろ」

「ちがっ、ちがうもん。お父《とう》さんと、お母《かあ》さんと、お兄《にい》ちゃんと。みんなで花火《はなび》を見《み》たかったんだもん。なのに、奈々《なな》だけ。お、おっきな花火《はなび》を見《み》て……」

「なんだ、そんなことか。だったら、来年《らいねん》みんなで迷子《まいご》になれば？」

へ、みんなで？　家族全員《かぞくぜんいん》で迷子《まいご》に？

変《へん》だよっ。ぜったい、変《へん》！

「そっ、そんなのやだあ」

「ぶははは っ。冗談《じょうだん》だって」

男《おとこ》の子《こ》はお腹《なか》を抱《かか》えて笑《わら》った。

「おまえ、面白《おもしろ》いやつだな。泣《な》き虫《むし》のくせに」

足《あし》をバタバタさせて、意地悪《いじわる》なことを言《い》う。

なんなの、この子《こ》。

「ひど――」

「だけど、いいやつだな」

……えっ。

男《おとこ》の子《こ》の顔《かお》をまじまじと見《み》つめる。

「おまえとくらべると、おれ悪《わる》いやつだし！」

男《おとこ》の子《こ》はあっけらかんと言《い》った。

「どうして？」

「どうして、って。おれ、わざと迷子《まいご》になったもん」

なんだか、さびしそうな顔《かお》だった。

「迷子《まいご》になっても平気《へいき》？」

「平気《へいき》だよ。どうってことないよ」

「お母《かあ》さんに会《あ》えなくてもいいの？」

「べつに。おれが迷子《まいご》になっても、気《き》づいてるかどうか」

だったら、どうして……。

そんな目《め》をしてるの？　わざと迷子《まいご》になったのに。

「一人《ひとり》ぼっちになって平気《へいき》な子《こ》いないよ？　さびしいときは泣《な》いていいんだよっ」

とても悲《かな》しくて。涙《なみだ》がぼろぼろ出《で》てきて。男《おとこ》の子《こ》が、あきれるぐらいだった。

「……つーか、おまえが泣《な》いてるし」

「だって、だってえ。一人《ひとり》ぼっちなんだもん」

「ったく。しょうがないなあ……」

ふいに左手《ひだりて》がさらわれた。

ひゃっ。

ビクッとして下《した》を見《み》ると。男《おとこ》の子《こ》がわたしの手《て》をにぎってた。お父《とう》さんとも、お母《かあ》さんともちがう、あたたかな手《て》。

あっ。

急《きゅう》に恥《は》ずかしくなって、手《て》をひこうとしたのだけど。男《おとこ》の子《こ》がつないだ手《て》を軽《かる》くブラブラさせた。

「てか、一人《ひとり》じゃないだろ。おれがここにいるじゃん」

え？

パッと顔《かお》を上《あ》げる。男《おとこ》の子《こ》と目《め》があった。

「な、なんだよっ。誤解《ごかい》するな。これ以上《いじょう》、泣《な》かれたらかなわないからだぞ」

と、ふてくされたように口《くち》を尖《とが》らせて。

「もう泣《な》くなよ。わかったな、おちび！」

お兄《にい》ちゃんみたいに、命令《めいれい》までしてくる。

それでも、その子《こ》はお兄《にい》ちゃんよりずっとやさしかった。お父《とう》さんとお母《かあ》さんが迎《むか》えに来《き》てくれるまで、手《て》をにぎっていてくれたんだ。

それから六年《ねん》たとうとしている今《いま》では、その子《こ》の顔《かお》もおぼろげで。あまり思《おも》い出《だ》せないのだけど……。あたたかな手《て》のぬくもりだけは、ちゃんと覚《おぼ》えている。

あの子《こ》は、今《いま》ごろどうしているんだろう。いつかまた会《あ》えるといいなあ。

1 サッカーボールとシンデレラ？

おつかいの帰《かえ》り道《みち》。春《はる》の日差《ひざ》しが、ぽっかぽか。このまま家《いえ》に帰《かえ》るのは、もったいない！

なので。

お母《かあ》さん、ごめんね！

まっすぐ帰《かえ》らず、寄《よ》り道《みち》することにした。

堤防《ていぼう》の坂《さか》を一気《いっき》に駆《か》け上《あ》がる。きらきら光《ひか》る川《かわ》の水面《みなも》が見《み》えてきて。

「わあ」

河川敷《かせんしき》の大《おお》きなグラウンドが広《ひろ》がっていた。

六年前《ねんまえ》、ここで花火大会《はなびたいかい》があって。迷子《まいご》になっちゃって。そして。あの子《こ》と会《あ》ったんだよね。

そのあとすぐに、お父《とう》さんの転勤《てんきん》が決《き》まって、引《ひ》っ越《こ》しちゃったから。会《あ》ったのは、そのときだけ。一回《かい》きりだったけど。

この町《まち》に戻《もど》ってくると知《し》った日《ひ》から、この場《ば》所《しょ》にずっと来《き》たかったんだ。

家《いえ》の片《かた》づけで忙《いそが》しくて、なかなか来《こ》られなかったから。うれしいな！

「いくぞーっ」

グラウンドの方《ほう》から大《おお》きな声《こえ》が聞《き》こえてきて。

半《はん》そで短《たん》パンの小学生男子《しょうがくせいだんし》たちが、走《はし》りだした。

「ぜーっ、ぜっ、ぜっ！　ぜい、おう！　ぜい、おう！」

コートのまわりを二列《れつ》になってランニング。

どこかの学校《がっこう》のサッカー部《ぶ》かな。お休《やす》みの日《ひ》にも練習《れんしゅう》するとは。すごい。

けど、それはともかく……。

グラウンドまでおりても、だいじょうぶか

な？　ちょっと気《き》がひけるけど。すみっこを歩《ある》くぐらいならいいよね。ジョギング中《ちゅう》の男《おとこ》の人《ひと》や犬《いぬ》の散歩《さんぽ》をしているおばさんだっているんだし……。

ようし、思《おも》いきって行《い》っちゃお！

階段《かいだん》を見《み》つけて。そうっと。そうっと。足《あし》を踏《ふ》み外《はず》さないようにおりた。

サッカー部《ぶ》の男子《だんし》たちは、走《はし》り終《お》わったところだった。ペアを組《く》んで、パスの練習《れんしゅう》を始《はじ》めている。

うふふ。だれも気《き》にしてないみたい。わたしったら。意識《いしき》しすぎ、だよね。

そう思《おも》いながら、ルンルン歩《ある》きだしたとき。

「ひゃっ！」

足《あし》になんか！　なんか、かすった！

そういえば、お兄《にい》ちゃんが。昔《むかし》ここでヘビの皮《かわ》を拾《ひろ》ったって！

自慢《じまん》してたことがあったような、なかったような。

やだ！

ヘビ、やだよう――っ。やだやだやだやだ――っ！

「やっ、あっちいって！」

こわくて、ギュッと目《め》をとじる。

――と。

遠《とお》くで「おーい」という声《こえ》がした。

「そこの女子《じょし》！　わるい！　こっちに蹴《け》り返《かえ》してくれっ」

え、蹴《け》り返《かえ》す……？

そこの女子《じょし》って、わたしのこと？

おそるおそる目《め》をあける。そうしたら――。

サッカーボールが一つ、ころんと転《ころ》がっていた。

「あれ？」

はー、なあんだ。

ただのボールだったのか……。

「おーい、こっちだ！」

ん？

グラウンドへ目《め》を向《む》ける。こっちに手《て》をふる男子《だんし》が二人《ふたり》。

まさか、わたしが蹴《け》るの？　体育《たいいく》、大《だい》の苦手《にがて》なんだよっ。

と、言《い》いわけしてもダメなんだよね？

もういーや、どうにでもなっちゃえ！

足《あし》を大《おお》きくうしろへふってから。

「えいっ」

力《ちから》いっぱい前《まえ》へ蹴《け》り上《あ》げた。

思《おも》いがけず、ボールはポーンと高《たか》く飛《と》んで。前方《ぜんぽう》の男子《だんし》の頭《あたま》の、はるか上空《じょうくう》を山《やま》なりに越《こ》えた。

片方《かたほう》の赤《あか》いスニーカーといっしょに。

「うそ……。靴《くつ》までいっちゃった！」

グラウンド手前《てまえ》の、みんなのバッグが置《お》いてある横《よこ》に、ボテッと着地《ちゃくち》したスニーカー。

一方《いっぽう》サッカーボールは、無事《ぶじ》に持《も》ち主《ぬし》のもとへ。

「よ！」

後方《こうほう》の男子《だんし》が軽《かる》くジャンプ。胸《むね》でボールを受《う》けとめた。そのまま地面《じめん》に落《お》とし、片足《かたあし》で上《うえ》から押《お》さえつける。

信《しん》じらんない！

わたしの蹴《け》ったボールが届《とど》いちゃった。靴《くつ》のことがなければ、拍手《はくしゅ》したい気分《きぶん》だよ。

なのに。あんなところへ、靴《くつ》を拾《ひろ》いにいかないといけないなんて……。

ううん。それよりも！

だれかの頭《あたま》の上《うえ》に落《お》ちなくてよかった。ケガなんかしたら、それこそ一大事《いちだいじ》だもん。

「ナイス・パス！」

ボールを受《う》けた彼《かれ》が、白《しろ》い歯《は》をニッと見《み》せた。

――やばい。

ほっぺに火《ひ》がつきそう。

靴《くつ》のことを知《し》られるのは困《こま》る。うまく、やりすごさなくっちゃ。

「あ、あはは……」

とりあえず。今《いま》できるかぎりの、せいいっぱいのスマイルを送《おく》っといた。顔《かお》がひきつりそうだったけどね。

でもね。彼《かれ》は一瞬《いっしゅん》、ぼうっとして。ボールを足《あし》で押《お》さえつけたまま、動《うご》かなくなっちゃったんだ。

ううっ！　き、気《き》づかないわけないか。靴《くつ》、飛《と》ばしちゃったんだよ。まるでコントだよ。お笑《わら》いのコント！　ひえーん。

どうしようもなくて、わたしも動《うご》けずにいると。

「おい、トオル。何《なに》やってんだよ？」

もう一人《ひとり》の男子《だんし》が駆《か》けより、彼《かれ》の顔《かお》の前《まえ》で手《て》をヒラヒラさせた。

「あっ、ごめ！　なんでもないっ」

トオルと呼《よ》ばれた男子《だんし》は、ハッとして。

「おおお、おれ！　ちょ、ちょっと給水《きゅうすい》してくる！」

ふり返《かえ》らずに走《はし》ってコートの外《そと》へ出《で》た。

ガーン。な、なんだったんだろ？　今《いま》の。

つま先《さき》を見下《みお》ろすと、右足《みぎあし》の靴下《くつした》が土《つち》で汚《よご》れていた。

あーあ。お母《かあ》さんに怒《おこ》られるよー。

「はあ……」

大《おお》きなため息《いき》。

そこへ。

「さっきはサンキュ。ナイス・キックな」

ひょい、とわたしの目《め》の前《まえ》に靴《くつ》があらわれた。

「えっ」

さっきボールを追《お》ってきた、もう一人《ひとり》の男子《だんし》が靴《くつ》を運《はこ》んできてくれたんだ。
そのはつらつとした笑顔《えがお》が、とってもまぶしくて。
とくん。心臓《しんぞう》が波《なみ》打《う》ったような気《き》がした。
はっ。どっ、どうしちゃったんだろう。顔《かお》が熱《あつ》い。

「これ、おまえのだろ？」

ぼんやりしているように見《み》られたらしく。

「ほら」

彼《かれ》は不思議《ふしぎ》そうに小首《こくび》をかしげた。

「あ、うん。あり、ありがとう……」

ぺこり、と頭《あたま》を下《さ》げてから、靴《くつ》のかかとに指《ゆび》をかけて受《う》けとった。

靴《くつ》を受《う》けとる間《あいだ》も。ドキドキ。ドキドキ。鼓動《こどう》は加速《かそく》する一方《いっぽう》で。

あー、パニクっちゃうっ。こういうとき、どんな顔《かお》で応《こた》えればいいの？

「あの、練習《れんしゅう》のじゃましちゃって、ごめんなさい……」

靴下《くつした》の汚《よご》れを払《はら》い落《お》とし、靴《くつ》をはいて。

片《かた》ひざをつき、靴《くつ》ひもを結《むす》び直《なお》そうとしたのだけど。

き、緊張《きんちょう》する！

ひもがからまり、よけいにおかしくなって。

やだ、わたし。なんで不器用《ぶきよう》なんだろ。こんな自分《じぶん》、恥《は》ずかしすぎ！

「しょうがないなあ」

頭《あたま》の上《うえ》で小《ちい》さく笑《わら》う声《こえ》がした。

「かしてみなよ。やってやるからさ」

いつのまにか、彼《かれ》もしゃがんでいた。ひょいひょいと慣《な》れた手《て》つきで、靴《くつ》ひもを結《むす》びだす。

その指先《ゆびさき》を追《お》いかけて。

「あ……」

胸《むね》がきゅん、となった。

男子《だんし》なのに、指《ゆび》が長《なが》くてきれいだな。わたしより器用《きよう》だな。

ドキドキ。ドキドキ。

鼓動《こどう》は、まだおさまらない。

夢《ゆめ》の中《なか》にいるみたいだった。まるで王子《おうじ》さまに靴《くつ》をはかせてもらうシンデレラになったみたい。

「ひもを二重《にじゅう》にして結《むす》ぶと、ほどけにくいんだぞ」

あっというまに、ちょうちょ結《むす》びができあがって。

「かんたんだろ、な？」

下《した》を向《む》いていた彼《かれ》が、急《きゅう》にわたしを見上《みあ》げたので。

ひええっ！

至近距離《しきんきょり》で、目《め》があった。

視線《しせん》をからめとられたように動《うご》けない。

川《かわ》の方《ほう》から渡《わた》ってきた風《かぜ》が、彼《かれ》の前髪《まえがみ》をぱらぱらと揺《ゆ》らし。

彼《かれ》のくちびるが開《ひら》きかけて――。

ちっ、近《ちか》い……！

接近《せっきん》しすぎ！

「あっ、あの！ ごめんなさい！」

ガバッと頭《あたま》を下《さ》げる。

ごっちーん！

「あいた――っ！」

目《め》の前《まえ》に、火花《ひばな》がちった。

うえーん。涙《なみだ》が出《で》そう。ヒリヒリするおでこを手《て》でおさえる。

「……いってー」

彼《かれ》もまた痛《いた》そうに顔《かお》をゆがめ、額《ひたい》に手《て》をあてていた。

やだっ。やっちゃった！

「ごめんなさい、ごめんなさい！　本当《ほんとう》にごめんなさいっ」

見《み》ず知《し》らずの人《ひと》に。しかも親切《しんせつ》にしてくれた人《ひと》に。ずっ、頭突《ずつ》きをしてしまうとはっ。

もう、サイテー！

「いいって。なんともないから」

彼《かれ》は手《て》をふった。

「このくらいサッカーで慣《な》れてるし。そっちは？」

「う、うん。平気《へいき》！」

コクコクうなずいて答《こた》える。

彼《かれ》はビシッと親指《おやゆび》を立《た》てた。

「さっきの、いいヘディングだったぜ！　もしシュートだったら、一点入《てんはい》ってた」

絶対《ぜったい》、痛《いた》かったはずなのに。明《あか》るい笑顔《えがお》の彼《かれ》。

とくん。痛《いた》みで忘《わす》れていたドキドキがよみがえる。

けど――。

このとき感《かん》じた思《おも》いがなんなのか。確《たし》かめる手段《しゅだん》を持《も》っていなくて……。

彼《かれ》の名前《なまえ》も学校《がっこう》も訊《き》くことができないぐらい、いっぱいいっぱいだったの。

2　彼《かれ》の正体《しょうたい》はモテ王子《おうじ》

春休《はるやす》みが終《お》わって、新学期《しんがっき》の初日《しょにち》を迎《むか》えた。転校生《てんこうせい》だから、まずは職員室《しょくいんしつ》に行《い》かないといけないんだよね。

三回《かい》ノックをして、

「失礼《しつれい》します……」

おずおず顔《かお》を出《だ》す。

「あの。転校生《てんこうせい》の、安藤奈々《あんどうなな》ですが……」

小声《こごえ》で名乗《なの》ったら。職員室中《しょくいんしつじゅう》の先生《せんせい》がいっせいにわたしを見《み》たので。

ひよえー。

思《おも》いっきり焦《あせ》ってしまった。

「え、ええっと！　こ、ここへ来《く》るようにと。手続《てつづ》きしたとき、いわ、言《い》われて……」

「安藤奈々《あんどうなな》さん、こっちこっち！　担任《たんにん》の林田《はやしだ》です。よろしく」

窓際《まどぎわ》の席《せき》で、女《おんな》の先生《せんせい》が立《た》ちあがった。

わあー。たぶん、お母《かあ》さんよりずっと若《わか》い。背《せ》が高《たか》く、すらっとしていて。体育会系《たいいくかいけい》って感《かん》じ。

林田先生《はやしだせんせい》はキビキビ歩《ある》いて、わたしのところへやってくると。人《ひと》のよさそうな笑《え》みを浮《う》かべた。

「職員室《しょくいんしつ》、迷《まよ》わなかった？」

「あ、はい！」

「えらいえらい！　じゃ、もうじき本鈴《ほんれい》が鳴《な》るから。そろそろ行《い》こっか！　六年《ねん》は全部《ぜんぶ》で三クラス。わたしたちは一組《くみ》よ」

先生《せんせい》は豪快《ごうかい》に笑《わら》いながら、わたしの肩《かた》をポンとたたいた。

明《あか》るくて面白《おもしろ》い先生《せんせい》だな。楽《たの》しい一年《ねん》を送《おく》れそう。

――が。

そんなウキウキ気分《きぶん》も。先生《せんせい》のひとことで、グイーンと急降下《きゅうこうか》。

「安藤《あんどう》さん、自己紹介《じこしょうかい》を一番《ばん》にやってもらうからねー。ファイト！」

教室《きょうしつ》へ行《い》く途中《とちゅう》で、きゃるんと言《い》われちゃったの……。

「いっ、一番《ばん》……！　ダメです。自信《じしん》ないっ。ぜんぜんダメです……」

「でもね、どっちみち安藤《あんどう》さん、うちのクラスの一番《ばん》なのよね。出席番号順《しゅっせきばんごうじゅん》だから」

ううー、やっぱり！　前《まえ》の学校《がっこう》でも、一番《ばん》のときが多《おお》かったからなあ。

「どうしても、ですか？　名前《なまえ》だけでもいいですか？」

わらにもすがる気持《きも》ちで、先生《せんせい》にたずねてみる。

「そうねえ。好《す》きなもの、得意《とくい》なものとか。あとニックネームとか言《い》うと、いいんじゃないかな」

と言《い》われて。ふかーいため息《いき》ついちゃった。

林田先生《はやしだせんせい》について教室《きょうしつ》に入《はい》ったら。それまでにぎやかだったのが、急《きゅう》にシーン。

うっ。教室中《きょうしつじゅう》の視線《しせん》がわたしに集《あつ》まった。

き、気《き》にしない。気《き》にしない。気《き》にしたらダメなんだからね。

……。

ひえーん。やっぱ、気《き》になるうう。

教卓《きょうたく》の横《よこ》で正面《しょうめん》を向《む》いたら、ますます意識《いしき》しちゃって……。

みんなの顔《かお》をまともに見《み》ることができなかった。

「おはようございます。みんな、そろってる？」

先生《せんせい》は教室全体《きょうしつぜんたい》を見《み》まわした。

「知《し》ってると思《おも》うけど、いちおう自己紹介《じこしょうかい》。一組《くみ》の担任《たんにん》になった林田《はやしだ》です。小学校生活《しょうがっこうせいかつ》、最後《さいご》の一年《ねん》を楽《たの》しみましょう。よろしくね！」

どこからか、よろしくーの声《こえ》があがった。

「連絡事項《れんらくじこう》を伝《つた》えます。あ、そのまえに号令《ごうれい》かけないとね。えーと。今日《きょう》は初日《しょにち》だから……。だれか、当番《とうばん》やってくれる人《ひと》！」

「おれ、やります」

一人《ひとり》の男子《だんし》が、スッと手《て》をあげた。

あ、あの子《こ》！　靴《くつ》を拾《ひろ》ってくれた子《こ》だっ。

とたんに思《おも》い出《だ》した、あの日《ひ》のできごと。

どうしよ。同《おな》じクラスなんだ。

うっひゃあー。

うれしさと恥《は》ずかしさがマーブル模様《もよう》になって。わたしの中《なか》を、ぐるぐるまわりだして。

「！」

彼《かれ》の口《くち》が「あ」の形《かたち》に動《うご》いた。

やば。

下《した》を向《む》いて、つま先《さき》に視線《しせん》を落《お》とす。

「では、石黒《いしぐろ》くん。お願《ねが》いします」

起立《きりつ》のかけ声《ごえ》とともに、ガタタと椅子《いす》の動《うご》く音《おと》。

「礼《れい》ッ」

「おはようございます」

クラス中《じゅう》の視線《しせん》を浴《あ》びながら、いっしょに頭《あたま》を下《さ》げた。

「着席《ちゃくせき》ッ」

「はじめにお知《し》らせがあります。このクラスに転校生《てんこうせい》が来《き》ました。安藤《あんどう》さん」

きっ、来《き》た！

「自己紹介《じこしょうかい》をしてくれる？」

「は、ははいっ」

あちこちの方角《ほうがく》から、忍《しの》び笑《わら》い。

ううっ。体《からだ》がカーッと熱《あつ》くなり、足《あし》がふるえて。

「あっ、あの。えっと」

緊張《きんちょう》して舌《した》がまわらない。

わ、わわ！　ドキドキが復活《ふっかつ》しそう！

「安藤《あんどう》さん、しっかり！」

「あ、はいっ」

先生《せんせい》のおかげで危機脱出《ききだっしゅつ》。やっと声《こえ》を出《だ》すことができた。

「あんど、安藤奈々《あんどうなな》です。前《まえ》の学校《がっこう》でのあだ名《な》は、あんドーナッツでした。よろ、よろしくお願《ねが》いします」

我《われ》ながら残念《ざんねん》なあいさつだなって思《おも》ったけど、しかたないよ。こんなことぐらいしか思《おも》いつかなかったんだもん。

パチパチとまばらな拍手《はくしゅ》が起《お》こる。

これで終《お》わった！　とひそかに喜《よろこ》んでいたら。

林田先生《はやしだせんせい》が、とんでもないことを言《い》いだした。

「安藤《あんどう》さんは、不慣《ふな》れだから。移動《いどう》のとき困《こま》るわね……そうだ！　石黒《いしぐろ》くん、しばらくの間《あいだ》、彼女《かのじょ》をエスコートしてくれない？　となりの席《せき》だし、ちょうどいいわよね！」

ええっ！　エスコート？

となりの席《せき》？　何《なに》それ？

けど、先生《せんせい》の言葉《ことば》よりもっと、わたしを動揺《どうよう》させたのは——。

「ええーっ。リンダちゃん、空気《くうき》よんでよ～」

「うそー」

「どうしてー！」

「てか、リンダちゃん先生《せんせい》。エスコートって何《なに》っ？」

クラス全体《ぜんたい》からあがった、女子《じょし》の悲鳴《ひめい》に近《ちか》い声《こえ》だった。

目《め》をパチクリ。状況《じょうきょう》がよく飲《の》みこめない。

「うふっ。いいじゃない！　だあって、先生《せんせい》もエスコートされたいんだもーん」

「だーかーらー。リンダちゃんの夢《ゆめ》、ここで広《ひろ》げない！　いつも言《い》ってるじゃん」

すご。すごすぎる。わたしはびっくりして目《め》がテン。

なのに。先生《せんせい》と女子《じょし》たちのやりとりを、華麗《かれい》にスルーして、

「……わかりました」

涼《すず》しい顔《かお》で返事《へんじ》をする石黒《いしぐろ》くん。

「じゃあ、きまり！　さっそく今日《きょう》からよろしくねっ。安藤《あんどう》さん、席《せき》はそこだから」

先生《せんせい》はルンルンと、わたしを彼《かれ》のとなりの席《せき》に座《すわ》らせた。

本当《ほんとう》にいいのかなあ。

不服《ふふく》そうなため息《いき》が聞《き》こえたのは、わたしの気《き》のせいだったらいいのだけど。

わたしを除《のぞ》いた、クラス全員《ぜんいん》による自己紹介《じこしょうかい》が始《はじ》まった。

順《じゅん》に立《た》って、ひとことずつ述《の》べていく。自分《じぶん》の趣味《しゅみ》や得意《とくい》なこと、ペットの話《はなし》などなど。時折《ときおり》、笑《わら》いが起《お》きる。

石黒《いしぐろ》くんは、どんな話《はなし》をするんだろう。楽《たの》しみだなあ。

ドキドキして彼《かれ》の番《ばん》を待《ま》った。

そして、ついに。

「石黒翔太《いしぐろしょうた》、サッカー部《ぶ》です。今年《ことし》は区大会《くたいかい》ベスト・スリーを狙《ねら》ってます。応援《おうえん》よろしくです」

石黒《いしぐろ》くんは早口《はやくち》で言《い》って、椅子《いす》に座《すわ》りかけた。

え、それだけ？　わたしが言《い》うのもなんだけど……。

そっけなさすぎる。

他《ほか》の子《こ》も同《おな》じことを思《おも》ったらしく。

「ええーっ！」

と大合唱《だいがっしょう》。

またまた女子《じょし》が騒《さわ》ぎだした。

「もう、おしまい？」

「女《おんな》の子《こ》の好《す》きなタイプとか、教《おし》えて！」

「それ、わたしも知《し》りたーい！」

ひょえー。

石黒《いしぐろ》くんて、女子《じょし》に人気《にんき》があるんだ。

いわゆるモテ男子《だんし》ってやつかあ。

うーん。人気《にんき》があるのは、あたりまえだよね。

ん、そうだよ。

あのときだって靴《くつ》を拾《ひろ》ってくれたし。ひもを結《むす》んでくれて、やさしかったし。

あのお日《ひ》さまのような笑顔《えがお》も――。

なんか。胸《むね》の奥《おく》がちくん、とする。

そうこうするうちに、男子《だんし》の茶化《ちゃか》す声《こえ》も混《ま》じって。

「なんだ、また翔太《しょうた》かよー」

「勝手《かって》にやってろー」

「いいよなあ、モテ男《おとこ》は」

だんだん騒《さわ》ぎが大《おお》きくなって、収拾《しゅうしゅう》がつかなくなってきた。

だけど、石黒《いしぐろ》くんは平気《へいき》な顔《かお》。慣《な》れっこなのかな。

「注目《ちゅうもく》！」

先生《せんせい》がパンパンと二回《かい》、手《て》を打《う》ち鳴《な》らした。

「みんな騒《さわ》がないの。静《しず》かにしてないと、なんにも話《はな》せないでしょう」

先生《せんせい》の注意《ちゅうい》により、ようやく教室《きょうしつ》が静《しず》かに。

さすが、先生《せんせい》。ちょっと変《か》わってるところもあるけど。尊敬《そんけい》しちゃう。

これで、次《つぎ》に進《すす》めるのかな？　と思《おも》ったら、

「ところで。ねえ、石黒《いしぐろ》くん」

先生《せんせい》は、彼《かれ》に向《む》かってにんまりした。

「この騒《さわ》ぎの原因《げんいん》はきみなんだから、ちゃんとオチをつけてよね。さあ、どんな子《こ》がタイプなの？」

「げっ」

石黒《いしぐろ》くんの目《め》がまるくなった。


「はあー」

体育館《たいいくかん》へ移動《いどう》する途中《とちゅう》、何度《なんど》もため息《いき》が出《で》た。

だって。石黒《いしぐろ》くんの答《こた》えは、

「家庭的《かていてき》な子《こ》……かな」

だったんだもん！

おねがいだから。そこをもう少《すこ》し、なんとか！　具体的《ぐたいてき》に言《い》ってほしかったな。

ていうか、家庭的《かていてき》な子《こ》って、どんな女《おんな》の子《こ》なんだろう……。

明《あか》るくて、かわいくて、お料理《りょうり》が上手《じょうず》で。

えーと、それから。お裁縫《さいほう》も、お洗濯《せんたく》もばっちりで！

すぐにでも、お嫁《よめ》にいけるような子《こ》……なのかなあ。

ううー、ダメだー。全部《ぜんぶ》、わたしとは真逆《まぎゃく》だ……。

「はあ」

先《さき》に立《た》って歩《ある》く石黒《いしぐろ》くんの背中《せなか》を見《み》てるから。いろいろ考《かんが》えちゃう。

そうして、他《ほか》のクラスと合流《ごうりゅう》する渡《わた》り廊下《ろうか》に来《き》たとき。

「ああーっ！　翔太《しょうた》、こんにゃろ！」

へ？

とつぜん、すっとんきょうな声《こえ》が飛《と》んできて。

一人《ひとり》の男子《だんし》がダダッとわたしを追《お》い越《こ》した。

「おまえ、あいかわらずのモテぶりだなっ。うちのクラスにまで悲鳴《ひめい》が聞《き》こえてきたぞっ」

ええっ。悲鳴《ひめい》って、自己紹介《じこしょうかい》のときのだよね。

よそのクラスにまで、迷惑《めいわく》かけちゃってたんだ。

騒《さわ》ぎのきっかけは、わたしにもあるんだけど……。

男子《だんし》が媚《こ》びるように体《からだ》をくねらせる。

「翔太《しょうた》くーん！　わたしを好《す》きにしてー」

「きもい」

「そんなこと言《い》っちゃ、いやーん」

「その口《くち》、縫《ぬ》いつけるぞ」

わたしの目《め》の前《まえ》で、漫才《まんざい》のような掛《か》け合《あ》いを始《はじ》めた二人《ふたり》。

ぷくく！

仲《なか》がいいんだな。

妙《みょう》に板《いた》についてて見《み》えるから、おかしくて。つい吹《ふ》きだしちゃったの。

すると、石黒《いしぐろ》くんの友達《ともだち》がわたしに気《き》づいて、「あ」と言《い》った。

「こっち、安藤《あんどう》さん。おれらのクラスに転校《てんこう》してきたんだ」

石黒《いしぐろ》くんは、わたしを彼《かれ》に紹介《しょうかい》した。

そうしたら、いきなり。

「おれ！　おれおれ！　おれのこと覚《おぼ》えてる？　ほら、春休《はるやす》み！　会《あ》ったじゃん、河川敷《かせんしき》でっ」

興奮《こうふん》した様子《ようす》で、彼《かれ》がわたしに迫《せま》ってきた。

自分《じぶん》の顔《かお》に指《ゆび》をさして。よく見《み》てくれと言《い》わんばかりに、ずずいっと！

「え、えーと？」

つつつ。

彼《かれ》の勢《いきお》いに押《お》され、ひいてしまう。

「覚《おぼ》えてない、おれのこと？　ほら、サッカーボール！」

春休《はるやす》み、河川敷《かせんしき》で。サッカーボール？

「ごめんなさい。わたし、忘《わす》れっぽくて……」

そういえば、どこかで会《あ》ったような気《き》が。

たしか——。

「おい、トオル！」

石黒《いしぐろ》くんがあわてて、間《あいだ》に入《はい》ってくれた。

「トオル、落《お》ち着《つ》けって。会《あ》ったのは、ほんの一瞬《いっしゅん》だったんだぞ。いっぺんに言《い》ったって……」

あ、そうだ！

あのとき、サッカーボールを拾《ひろ》いにきた子《こ》の名前《なまえ》が。

「トオルくん！　トオルくんだ！」

石黒《いしぐろ》くんが彼《かれ》の名前《なまえ》を呼《よ》んでいたから、名前《なまえ》だけは印象《いんしょう》に残《のこ》ってた。

顔《かお》の方《ほう》はすっかり忘《わす》れちゃってたけど。

トオルくんは、うれしそうにはしゃいだ。

「そうそう。おれ、トオルくんです！　安藤《あんどう》さんっていうんだ。下《した》の名前《なまえ》は？」

「下《した》の？　奈々《なな》だけど……？」

「へえー、かわいい名前《なまえ》だね。これからは奈々《なな》ちゃんて呼《よ》んでもいい？」

「ええっ」

知《し》り合《あ》ったばかりなのに？

女子《じょし》ならよくあることだけど。男子《だんし》から言《い》われるなんて初《はじ》めてだ。

どうしよう……。

石黒《いしぐろ》くんをチラッと見る。彼《かれ》はわたしの視線《しせん》に気《き》づいて、苦笑《にがわら》いした。

「こいつ、調子《ちょうし》のいいところあるけど、けっこういいヤツなんだ。呼《よ》び名《な》はともかく、よかったら仲《なか》よくしてやってよ。いやなことはいやってガツンと言《い》ってやればいいんだからさ！」

「あ、うん……」

ちょっとがっかりしてる自分《じぶん》がいた。

他《ほか》の男子《だんし》と仲《なか》よくしろ、なんて。

やっぱり、わたしのこと。ぜんぜん気《き》にとめていないから。

そういうこと、平気《へいき》で言《い》えるんだろうなあ。

でも。

石黒《いしぐろ》くんがトオルくんのことをいいヤツだと言《い》うなら。きっとそうなんだろうな。

わたしの方《ほう》だって、下《した》の名前《なまえ》で呼《よ》んじゃったし。

断《ことわ》る理由《りゆう》ある？

ないよね……。

「えっと、じゃあ――」

奈々《なな》でいいよ。

そう言《い》おうとしたら。体育館《たいいくかん》の入《い》り口《ぐち》に立《た》っていた男《おとこ》の先生《せんせい》に、

「こら、そこ！　立《た》ち止《ど》まらない！」

と怒《おこ》られて。

「すっ、すみませーん！」

わたしたちは、あわてて体育館《たいいくかん》へ向《む》かった。


どこの学校《がっこう》も、校長先生《こうちょうせんせい》の話《はなし》は長《なが》いんだなあ。なんか、ぼうっとしてきちゃった。

転校初日《てんこうしょにち》から、これはまずいよね。

他《ほか》のこと考《かんが》えよう。たとえば、さっきの話《はなし》。名前《なまえ》のこと。

もし、トオルくんのことをトオルくんと呼《よ》ぶなら……。石黒《いしぐろ》くんのことも、翔太《しょうた》くんって言《い》っていいかなあ。

いやいや、無理《むり》！　いまさら下《した》の名前《なまえ》で呼《よ》べないよ！

……自分《じぶん》の中《なか》でだけだったら、呼《よ》べるかもだけど。

ん？

ふいにとなりの列《れつ》にならぶトオルくんと目《め》があって。彼《かれ》が手《て》をふってくれたのはいいんだけど。

あ！

先生《せんせい》がすぐそこにっ。

トオルくん、トオルくんってば！

あーあ。見《み》つかった……。

トオルくん、またまた怒《おこ》られちゃって。先生《せんせい》が去《さ》ったあとも懲《こ》りずに、ペロッと舌《した》を出《だ》した彼《かれ》。

ププッ。笑《わら》っちゃった。

3　失敗《しっぱい》しちゃった

下校時間《げこうじかん》になって、教室《きょうしつ》にいる生徒《せいと》はまばらになった。

帰《かえ》らずに残《のこ》っている子《こ》たちは、ほとんどが女子《じょし》。

「今日《きょう》、遊《あそ》べる？」

「いいよー」

いいなあ。きゃあきゃあ楽《たの》しそう。

わたしだって。この間《あいだ》までは、あんなふうだったのに。

みんなと話《はな》すきっかけをつかめないまま、転校初日《てんこうしょにち》が終《お》わりかけていた。

トオルくんとは友達《ともだち》になれた。

けど、トオルくんは男子《だんし》だもん。女《おんな》の子《こ》同士《どうし》じゃないと話《はな》せないことがたくさんある。

やっぱり女《おんな》の子《こ》の友達《ともだち》がほしいな。

でも。

パッとふり向《む》いても、目《め》があう前《まえ》にそらされて。

なんとなく避《さ》けられているような……。

まだ一日目《にちめ》だから、なじめないのは仕方《しかた》ないかもだけど。

——明日《あした》がんばろう。もっとがんばろう。

今日《きょう》言《い》えずに終《お》わった言葉《ことば》を、明日《あした》は伝《つた》えるんだ。

配付《はいふ》されたばかりの新《あたら》しい教科書《きょうかしょ》をバッグにしまい、教室《きょうしつ》を出《で》る。

どっしーん!

「きゃっ」

「いたっ」

下《した》を向《む》いてたせいで、出入《でい》り口《ぐち》のところでぶつかっちゃった!

けど、チャンスだと思《おも》った。だって、ぶつかった相手《あいて》は女《おんな》の子《こ》だったんだもん。

話《はな》すきっかけを作《つく》れるかも。

「ごめんなさい!」

声《こえ》をかけたのに。女《おんな》の子《こ》はうつむいたまま。長《なが》い髪《かみ》にかくれ、表情《ひょうじょう》が見《み》えない。

ひょっとして。すごく痛《いた》かった？

「あ！　あの、だいじょうぶ？」

肩《かた》に手《て》をかけようとしたら――。

彼女《かのじょ》はようやく顔《かお》を上《あ》げ。

えっ。

わたしは思《おも》わず。ビクッと、手《て》を引《ひ》っこめた。

ごくり。つばを飲《の》みこむ。

彼女《かのじょ》の黒《くろ》い瞳《ひとみ》が、するどく、わたしをにらんでいたの。

そして、彼女《かのじょ》の口《くち》から発《はっ》せられたのは……予想外《よそうがい》の言葉《ことば》。

「あんた、うざい」

「え……？」

「転校生《てんこうせい》だからって、石黒《いしぐろ》にベタベタしすぎなんじゃない？」

な、何《なに》？

頭《あたま》の中《なか》が真《ま》っ白《しろ》になった。足《あし》がふるえて……。

「聞《き》いてるの？」

「そんな！　ベタベタなんて……」

「してないって言《い》うの？」

ドキッ。

「してないもん」

「うそ！　今日《きょう》ずっと、石黒《いしぐろ》のことばっか見《み》てたくせに」

「そんな、見《み》てなんか……！」

「じゃあ、あんたさ。今日《きょう》一日《にち》だけで、仲《なか》よくなった女子《じょし》いる？」

仲《なか》よくなった子《こ》なんていない。首《くび》を横《よこ》にふる。

すると、彼女《かのじょ》は質問《しつもん》を変《か》えた。

「あたしの名前《なまえ》わかる？　同《おな》じクラスなんだから、言《い》えて当然《とうぜん》だよね？」

一字《いちじ》も思《おも》い出《だ》せない。無言《むごん》でいると。

「やっぱりね。男子《だんし》にばっか、いい子《こ》ぶりっこして。ほんと、うざい」

彼女《かのじょ》は吐《は》き捨《す》てるようにそう言《い》って、わたしに背《せ》を向《む》けた。

その日《ひ》の夕《ゆう》ご飯《はん》のあと。テレビを見《み》ていたら、

「奈々《なな》、お友達《ともだち》できた？」

お母《かあ》さんに顔《かお》をのぞきこまれた。

「えっ、どうして？」

「だって、学校《がっこう》の話《はなし》なんにもしないもの」

びっくりした。お母《かあ》さんって、見《み》ていないようで、ちゃんと見《み》ているんだな。

心配《しんぱい》をかけないように気《き》をつけなくちゃ。

「いやだなあ。そんなことないよ。さっき言《い》ったよ」

えへへ、と笑《え》みを浮《う》かべる。

「あら、そう？」

そのとき、ソファでテレビを見《み》ているお兄《にい》ちゃんの笑《わら》い声《ごえ》が聞《き》こえて。

「ちょっと、瑛斗《えいと》。テレビの音《おと》、大《おお》きいわよ！」

お母《かあ》さんの注意《ちゅうい》がそれた。
「あ、そうだ！　教科書《きょうかしょ》に名前《なまえ》を書《か》かないといけなかったんだ」
急《いそ》いでリビングを出《で》て、二階《かい》の部屋《へや》へ。
部屋《へや》の扉《とびら》をパタンとしめた。
バカだなあ、わたし。
友達《ともだち》できなかった。失敗《しっぱい》しちゃった。
こんなこと、お母《かあ》さんに話《はな》せないよ……。
ドサッとベッドに倒《たお》れ込《こ》む。枕《まくら》を抱《だ》いたら、涙《なみだ》が出《で》てきた。

4　ゆるふわ女子《じょし》あらわる

次《つぎ》の日《ひ》。気《き》を取《と》りなおして、学校《がっこう》へ行《い》った。

教室《きょうしつ》の席《せき》はあらかた埋《う》まっていて、ガヤガヤしていた。

石黒《いしぐろ》くん……は、もう来《き》てる。消《け》しゴム飛《と》ばして、他《ほか》の男子《だんし》とふざけあいっこしてて。

いいなあ。楽《たの》しそう……。

はっ。うらやましがってる場合《ばあい》じゃなーい！

わたしもがんばらないと！

「お、おはよう！」

思《おも》いきって、ドアの近《ちか》くにいた女《おんな》の子《こ》にあいさつした。

けど、ぜんぜん見向《みむ》きもされなくて。他《ほか》の女子《じょし》グループの輪《わ》に入《はい》っちゃった。

「あ……」

ツキン。心臓《しんぞう》が痛《いた》くなった。

胸《むね》の奥《おく》がキリキリしてる。

しょ、しょうがないか。最初《さいしょ》から、うまくいくなんて……。

都合《つごう》のいい話《はなし》を考《かんが》えてたらダメだよね。

へこんだ気分《きぶん》で、席《せき》に向《む》かう。

ひときわ目立《めだ》つ女子《じょし》グループが窓側《まどがわ》のうしろの席《せき》を陣取《じんど》っていた。

きゃあ、きゃあと楽《たの》しそうに話《はなし》をしている。

「あっ！　鏡《かがみ》、おニューだ。かわいー。どこで買《か》ったの？」

「デパートの限定《げんてい》ショップ。ママに買《か》ってもらったんだ」

「えー、高《たか》いじゃん。いいなあ、るりは。なんでも買《か》ってもらえて」

「そんなことないってばー」

あ、あの子《こ》――。

昨日《きのう》、わたしと肩《かた》がぶつかった子《こ》。るり、って言《い》うんだ……。

昨日《きのう》は髪《かみ》をおろしていたのに。今日《きょう》はポニテ。しかも、まわりにいる子《こ》もみーんな同《おな》じ髪型《かみがた》。

前髪《まえがみ》はぱっつんだったり、片方《かたほう》に流《なが》したり、いろいろだったけど。

それに、すごく大人《おとな》っぽい。服《ふく》もブランドものなのかな。

わたしはもちろん、スーパーで買《か》った服《ふく》。気《き》に入《い》ってはいるんだけどね……。

ん？

一人《ひとり》が、わたしをチラッと見《み》た。すぐ横《よこ》にいた子《こ》のひじをツンツンとつつく。

ね、あの子《こ》。こっち見《み》てるよ。

え、うそ！

ねえ、あの子《こ》ってさ感《かん》じわるくない？

うん、感《かん》じわるー。

そんな悪口《わるくち》が、今《いま》にも聞《き》こえてきそうで。

口元《くちもと》をきゅっと引《ひ》きしめて、その子《こ》たちの前《まえ》を通《とお》りすぎ、席《せき》についた。

「おっす！」

石黒《いしぐろ》くんがこっちをふり返《かえ》って、あいさつしてくれた。

「あ、えっと……」

ランドセルから荷物《にもつ》を出《だ》す作業《さぎょう》は中断《ちゅうだん》。

「おっ、おはよう。石黒《いしぐろ》くん」

会話《かいわ》ができて、うれしいはずなのに。

ほんのちょっとだけ。自分《じぶん》の声《こえ》が昨日《きのう》よりしずんで聞《き》こえた。


今日《きょう》の一時間目《じかんめ》は、国語《こくご》。古文《こぶん》の冒頭《ぼうとう》を読《よ》んでみよう、という内容《ないよう》だった。

『今昔物語集《こんじゃくものがたりしゅう》』や『枕草子《まくらのそうし》』などの出《で》だしの部分《ぶぶん》だけ、一人《ひとり》ずつ音読《おんどく》するの。

わたし、本《ほん》を読《よ》むのが好《す》きで。音読《おんどく》も得意《とくい》な方《ほう》だけど。むずかしそう。読《よ》めるかなあ。

「次《つぎ》、安藤《あんどう》さん。『平家物語《へいけものがたり》』の出《で》だしを読《よ》んでね。漢字《かんじ》が多《おお》いけど、がんばって」

「は、はい！」

とうとう、来《き》た！　はじめての発表《はっぴょう》だもの。さすがにドキドキする〜。

読《よ》む前《まえ》に、小《ちい》さく息《いき》を吸《す》った。

「ぎ、祇園精舎《ぎおんしょうじゃ》の鐘《かね》の声《こえ》、諸行無常《しょぎょうむじょう》の響《ひび》きあり。沙羅双樹《さらそうじゅ》の花《はな》の色《いろ》、盛者必衰《じょうしゃひっすい》の理《ことわり》をあらわす。

おごれる者《もの》も久《ひさ》しからず……」

そのとき。なぜか、ドッと笑《わら》い声《ごえ》が起《お》きて。わたしの声《こえ》が、かき消《け》されてしまったの。

な、何《なに》？　わたし、間違《まちが》えた？

あわてて先生《せんせい》を見《み》る。

先生《せんせい》は、わたしの顔《かお》を見《み》て。ううん、と首《くび》を横《よこ》にふった。

「みんな、静《しず》かにして。まだ授業中《じゅぎょうちゅう》なのよ」

うしろの方《ほう》から、女子《じょし》の声《こえ》が飛《と》んできた。

「だって、先生《せんせい》。おっかしいんだもん」

「そうそう。めっちゃ、なまってるじゃん」

「ぎおんしょ〜じゃのかねのこえ〜」

「だっさー」

男子《だんし》たちも面白《おもしろ》がって、はやしたてる。

そんな。いつもどおりに読《よ》んでいるつもりだったのに。

目《め》の奥《おく》がツンとして、涙《なみだ》がこぼれてしまいそうだった。

泣《な》いちゃダメ。下《した》を向《む》いて、けんめいにこらえる。

「あのねえ、きみたち」

先生《せんせい》は困《こま》ったように眉根《まゆね》を寄《よ》せた。

「安藤《あんどう》さんは転校生《てんこうせい》なのよ。多少《たしょう》イントネーションがちがっているのは、仕方《しかた》のないことなの。きみたちだって、よそに行《い》ったら同《おな》じなのを忘《わす》れないように！」

「はーい」

みんなはパラパラと返事《へんじ》をした。

「安藤《あんどう》さん、ありがとう。座《すわ》っていいわよ」

「……はい」

先生《せんせい》はわたしを気遣《きづか》ってくれたようで。音読《おんどく》を途中《とちゅう》で切《き》り上《あ》げてくれた。

わたし、ふつうだと思《おも》っていたけど。

人《ひと》に笑《わら》われるほど、なまっていて。おかしかったんだ。

だから、みんなに無視《むし》されていたのかな……。

石黒《いしぐろ》くんは、どんな顔《かお》をしているんだろう。みんなと同《おな》じように笑《わら》ってる？

確《たし》かめる勇気《ゆうき》がない。

席《せき》についたあとも、教科書《きょうかしょ》の文字《もじ》を目《め》でなぞるしかなかった。

二時間目《じかんめ》からは、体力《たいりょく》テストだった。他《ほか》のクラスと合同《ごうどう》だったので、ホッとした。よけいなこと考《かんが》えなくてすみそう。

それに女子《じょし》はみーんな、お目当《めあ》ての男子《だんし》に夢中《むちゅう》。

なかでも、いちばん盛《も》り上《あ》がってるのは、五十メートル走《そう》。

とくに石黒《いしぐろ》くんがすごかった。

名前《なまえ》を呼《よ》ばれた石黒《いしぐろ》くんが、すっと立《た》った瞬間《しゅんかん》。きゃあーっ、と悲鳴《ひめい》があがるの。

るりって子《こ》たちのグループは、うれしそうにピョンピョンしたり、手《て》をふったり。まるでアイドルのファンクラブみたい。

わたしもね、本当《ほんとう》は応援《おうえん》したかったのだけど。

がんばって！

心《こころ》の中《なか》でつぶやくだけにする。

ピッとホイッスルが鳴《な》って、石黒《いしぐろ》くんが真《ま》っ先《さき》にスタート。

他《ほか》の二人《ふたり》をぐんぐん引《ひ》き離《はな》し、あっというまにゴールした。

「ようっし！」

ガッツポーズをする石黒《いしぐろ》くん。

その表情《ひょうじょう》は自信《じしん》に満《み》ちあふれ、とてもステキだった。

きゅんとして、胸《むね》がふくらむ。ドキドキする。

このドキドキの正体《しょうたい》は、とっくにわかっている。

好《す》き。

石黒《いしぐろ》くんのことが好《す》き。

こうして少《すこ》し離《はな》れたところから見《み》つめるだけで。心《こころ》の中《なか》があったかくなって、うれしくなるの。

いつまでも、見《み》ていられたらいいのになあ。

なんてことを思《おも》っていたら。

「女子《じょし》の五十メートル始《はじ》めます。スタートラインの近《ちか》くに集合《しゅうごう》！」

と、先生《せんせい》が言《い》ってホイッスルが鳴《な》った。

石黒《いしぐろ》くんは他《ほか》の男子《だんし》数人《すうにん》とじゃれあっていた。次《つぎ》の種目《しゅもく》は幅跳《はばと》びらしく。グラウンドのはしを歩《ある》いてる。

コースに沿《そ》ってバラバラに座《すわ》っていた女子《じょし》たちは立《た》ちあがり、先生《せんせい》の元《もと》に集《あつ》まった。
わたしも最後《さいご》の列《れつ》に並《なら》ぶ。
そのとき、はたと気《き》づいた。女子《じょし》たちがみんな、長《なが》い髪《かみ》の毛《け》を結《むす》んでいたの！
わっ、どうしよう。わたし、結《むす》んでないっ。
ゴムも持《も》ってきていないし。
見《み》つかったら、先生《せんせい》に怒《おこ》られるかもと思《おも》うと。
石黒《いしぐろ》くんを見《み》ているときと全然《ぜんぜん》ちがうドキドキがして……。
だ、だれか！
ヘアゴム持《も》ってる人《ひと》！
自分《じぶん》の番《ばん》が来《く》るまでにさがさないと！
『だって、先生《せんせい》。おっかしいんだもん』
『そうそう。めっちゃ、なまってるじゃん』
『だっさー』
みんなの笑《わら》い声《ごえ》が、頭《あたま》の中《なか》に響《ひび》く。
だれに声《こえ》をかけるっていうの。

ここでは、わたしは一人《ひとり》ぼっちだ。

さっき笑《わら》われたばかりなのに。またバカにされたいの、奈々《なな》？

あんな子《こ》たちに負《ま》けたくない！

「だいじょうぶ？」

「えっ」

知《し》らない女《おんな》の子《こ》に話《はな》しかけられた。

「泣《な》きそうな感《かん》じだから、どこか痛《いた》いかと思《おも》ったの。ちがってたらごめんね」

わ、いいにおい。シャンプー？

耳《みみ》の下《した》で二つに分《わ》けた、くせっけのある髪《かみ》もふわふわで。目《め》の大《おお》きな彼女《かのじょ》に似合《にあ》っている。

ゆるふわ女子《じょし》だ！　モデルさんみたい。

「かわいー……」

やば！

気《き》づいたときには遅《おそ》く。

女《おんな》の子《こ》が、え？　という顔《かお》をしていた。

「あっ、えっと！　じゃなくって……」

あわてて両手《りょうて》で口《くち》をふさぐ。そのまま勢《いきお》いよく、ブンブンと顔《かお》を横《よこ》にふった。

「どうしたの？」

女《おんな》の子《こ》がたずねてきた。

「……あ」

どうしようっ。

相談《そうだん》したいけど、話《はな》す勇気《ゆうき》がない。

ブンブン。首《くび》をふる。

女《おんな》の子《こ》は、ますます不思議《ふしぎ》そうな顔《かお》をした。

「気持《きも》ちわるくて吐《は》きそうなの？」

ブンブン。

「しゃっくりが出《で》そうなの？」

ブンブン。

「それとも、げっぷ？」

ブンブン。

「えーと、それじゃあ……」

女《おんな》の子《こ》は考《かんが》えるように黙《だま》りこんだ。

そして、いきなり。

「じゃん、けん！」

とさけんだので。

「ぽん！」

わたし、とっさにパーを出《だ》したの。

「あっ」

「勝《か》っちゃった！」

とチョキを出《だ》して勝利《しょうり》した彼女《かのじょ》。うれしそうに、ふふっと笑《わら》った。

「あなた、一組《くみ》の転校生《てんこうせい》だよね。わたし、鵜飼《うかい》ゆりあ。二組《くみ》なの、よろしくね」

「あ、えっと……」

どうしよう。しゃべったら、彼女《かのじょ》だってバカにするかも。

だけど、友達《ともだち》を作《つく》ろうって。

あんな子《こ》たちに負《ま》けたくないって。

そう思《おも》ったばかりじゃない！

「あっ、あのね！」

イチかバチか。

笑《わら》われてもいいや！

「う、うちは、じゃなくて。わたし安藤奈々《あんどうなな》！　ゴム忘《わす》れちゃって困《こま》ってるん。持《も》ってたら貸《か》してくれへん？」

「ええっ！」

彼女《かのじょ》の口《くち》から、おどろきの声《こえ》が。

うっ。緊張《きんちょう》したら、よけいになまっちゃった……！

やっぱり、変《へん》だと思《おも》われちゃったかも……。

ところが。

「か・わ・い・い～！」

「へ？」

「これが方言萌《ほうげんも》えなのね！　ゆりあ、キュンキュンしちゃった」

彼女《かのじょ》が目《め》を輝《かがや》かせたの。

「はい……？　方言萌《ほうげんも》え？」

って、何《なに》？

キュンキュン……？

「おかしく、ないの？」

「どこが？」

「だって、なまってるし」

「ぜんぜん。すっごくかわいいわよ。もっと堂々《どうどう》としなよ」

うそみたい。そう言《い》ってくれるのはうれしいけど。

びっくりしすぎて、

「えと、そう……かな？」

「そうだよ！」

「えー、うれしー――」

はっ。いかん、いかん！

いつのまにか、ペースに巻《ま》き込《こ》まれてるうっ。

「あの、それより。実《じつ》は困《こま》ってて。みんな髪《かみ》を結《むす》んでるから……。ゴム持《も》ってきてないし」

「なあんだ。そんなこと！」

鵜飼《うかい》さんは、二つ結《むす》びをしていた右側《みぎがわ》の髪《かみ》をスッとほどくと、

「はい！」

手《て》の平《ひら》を差《さ》しだした。

その上《うえ》には、黒《くろ》いゴムがのっている。

「どうぞ。つかって！」

「え、いいの？」

「うん。一個《こ》あれば十分《じゅうぶん》だもん」

「あっ、ありがとう。ほんとにありがとう！」

「どういたしまして！」

と言《い》いながら、彼女《かのじょ》はもう片方《かたほう》の髪《かみ》もほどいて、髪《かみ》をササッと結《むす》び直《なお》した。

わー、すごい！

ふつうの一つ結《むす》びなのに！

めっちゃおしゃれ！

わたしなんか、やぼったいだけなのにな。

どこがどうちがうんだろう。

つい、ポツリともらしちゃったひとりごと。

「ブッキーすぎて、やんなっちゃう……」

「わたし、やってあげようか！」

「いいの？　そんなことまで……」

「もち！　わたし、髪《かみ》いじるの大好《だいす》きなの。遠慮《えんりょ》しないで」

鵜飼《うかい》さんは、にっこり笑《わら》った。


キーンコーン、カーンコーン。

チャイムが鳴《な》って、合同体育《ごうどうたいいく》が終了《しゅうりょう》。次《つぎ》は給食《きゅうしょく》なんだよね。

また教室《きょうしつ》に戻《もど》らないといけないのか。はあ、憂鬱《ゆううつ》だなあ……。

時間稼《じかんかせ》ぎにしかならないけど。最後《さいご》に行《い》こうっと。とぼとぼ歩《ある》いて、昇降口《しょうこうぐち》へ向《む》かう。

「あ」

もう、みんな行《い》ったと思《おも》ったのに。

石黒《いしぐろ》くんがまだ下駄箱《げたばこ》の前《まえ》にいた。

「い、石黒《いしぐろ》くん？」

「あれ、安藤《あんどう》さん。遅《おそ》いね」

「うん。あの、ちょっと。もたもたしちゃって……」

「おれも……あっ」

ななな、何《なに》？

石黒《いしぐろ》くんは、わたしをじいーっと見《み》ていた。

「なんか、感《かん》じがちがうと思《おも》ったら。髪《かみ》、結《むす》んでるからかー」

「えっ」

「うん、そっちの方《ほう》がいいな！」

と、うなずく彼《かれ》。

ほんと？

本当《ほんとう》？

ただのお世辞《せじ》かもしれないけど。

うっ、うれしいな。

「体育《たいいく》だったから。髪《かみ》、じゃまになるし。それで……」

鵜飼《うかい》さんのおかげだよ〜！

「みーたーぞー」

背後《はいご》から声《こえ》がして。

ひえっ。

と、ふり向《む》いたら。

トオルくんがいた。

「おい、翔太《しょうた》。またポイント稼《かせ》ぎかよ」

どうしたの？

トオルくん、なんか怒《おこ》ってるみたい……。

「ちょっと立《た》ち話《ばなし》しただけだって。なっ、安藤《あんどう》さん？」

「う、うん」

びくった！

急《きゅう》に話《はなし》をふらないでよー。

焦《あせ》って、コクコクうなずいたわたし。

「安藤《あんどう》さん！」

「はいっ」

トオルくんに名前《なまえ》を呼《よ》ばれて。

思《おも》わず、いい返事《へんじ》をしちゃった。

「トオルくん、何《なに》？」

「おれの走《はし》り見《み》てくれた？　ね、ね、ね！」

え、えーっと。どうだったかな……。

たぶん見《み》ていない。

「ごめんなさい、トオルくん。わたし、はじめての体育《たいいく》で。テンパってたから」

「ええー、そうだったのかー」

がっくり肩《かた》を落《お》とすトオルくん。

石黒《いしぐろ》くんが助《たす》け船《ぶね》をだしてくれた。

「しっかりしろよ、トオル！　来月《らいげつ》には運動会《うんどうかい》があるし。まだまだチャンスあるって」

トオルくんは、ガバッと身《み》を起《お》こした。

「おう！　そうだよな」

よかった。立《た》ち直《なお》ったみたい。
とっても仲《なか》のいい二人《ふたり》だなあ。
……って。でも、チャンスって？
なんの話《はなし》なんだろう。うーん。

5　もう許《ゆる》せないっ！

次《つぎ》の日《ひ》の放課後《ほうかご》。おニューのヘアゴムを持《も》って、二組《くみ》へ行《い》った。

うしろの開《ひら》いてる窓《まど》から教室《きょうしつ》をのぞいて、鵜飼《うかい》さんをさがしたけど。

あれれ？　いないみたい。

もう帰《かえ》っちゃったのかな。それともトイレに行《い》ったとか。

だれかに訊《き》いてみよ。

ちょうどメガネをかけた女《おんな》の子《こ》が教室《きょうしつ》から出《で》てきたので。

「すいません」

と声《こえ》をかけた。

「あの、鵜飼《うかい》さん、いますか？」

「え、ゆりあ？」

「わたし、一組《くみ》の安藤《あんどう》です。もし、いたら……」

「ごめん。今《いま》いないから、別《べつ》の日《ひ》にしてもらえる？」

なぜか、あわてた様子《ようす》で廊下《ろうか》を歩《ある》きだした彼女《かのじょ》。

「待《ま》って」

とっさに彼女《かのじょ》のあとを追《お》いかけた。

「どうしたの？　何《なに》かあったの？」

なんか様子《ようす》が変《へん》。ぴりぴりしてるような……。

「そういうあなたは？　なんの用《よう》？」

じろりと見《み》られてしまって。

え、ちょっと。

もしかして警戒《けいかい》されてる？

ちがう、ちがう！　と手《て》をふった。

「わたし、この学校《がっこう》に転校《てんこう》してきたばかりで。困《こま》ってたら、鵜飼《うかい》さんが助《たす》けてくれて。そのときのお礼《れい》を……」

「なんだ、そうだったの。ゆりあなら、まだ校内《こうない》にいると思《おも》うけど……。どこに行《い》ったかまでは、わからないんだ。あたしもさがしてるところなの」

彼女《かのじょ》はホッとしたような顔《かお》をした。

「ゆりあの話《はな》してた一組《くみ》の転校生《てんこうせい》って、あなただったんだ。一組《くみ》だから、てっきり……。六年《ねん》で転校《てんこう》って困《こま》るよね」

「え？　うん。しかたないけどね」

「しかも、そっちは大変《たいへん》でしょう？　けっこうキツイ子《こ》が多《おお》いクラスだから……」

「なんていうか。そのう……」

答《こた》えにくいなあ。

「あ、ごめんね。意地悪《いじわる》な質問《しつもん》して。困《こま》らせちゃったよね」

す、するどい！

苦《くる》しまぎれに、あははと笑《わら》って応《こた》えると。彼女《かのじょ》は自己紹介《じこしょうかい》を始《はじ》めた。

「あたし、高野夏芽《たかのなつめ》。二組《くみ》の学級委員《がっきゅういいん》で、ゆりあとは幼《おさな》なじみなの」

へえー、学級委員《がっきゅういいん》さんだったんだ。

どうりで、しっかりしていると思《おも》った。

「あの子《こ》、ちょっと変《か》わってるでしょう？　マイペースというか。だから姿《すがた》が見《み》えないと、何《なに》かやらかさないかと心配《しんぱい》で」

「だったら、わたしもさがす。鵜飼《うかい》さんの行《い》きそうなところってどこ？」

「いいの？」

「うん！　だって、ヘアゴムを渡《わた》したいし」

「じゃあ、お願《ねが》いしちゃおうかな」

「まかせて！」

どん、と胸《むね》をたたいたわたし。

うっ、げほ！

ちょっと強《つよ》くたたきすぎちゃった……。


ひととおり校舎《こうしゃ》の中《なか》をさがしても。

いない。

いない。

いなーい……。

もーう、どこに行《い》っちゃったのー？　さすがに疲《つか》れたよー。

「あと、さがしてないところは。体育館《たいいくかん》ぐらいしかないね」

困《こま》ったようにつぶやく高野《たかの》さん。

「そんなところに一人《ひとり》で行《い》くかなあ」

「でも、そこしかないんでしょ？　いるかもしれないよ！」

と、わたし。

「え、そうかな？」

「そうだよ！　体育館《たいいくかん》って言《い》ったら。人《ひと》けがない、イコール、絶好《ぜっこう》の告白《こくはく》ポイントだもん！」

自分《じぶん》で言《い》ってるうちに、ワクワクしてきちゃった。

鵜飼《うかい》さん、あんなにかわいいから。だれかに呼《よ》びだされた可能性大《かのうせいだい》だよ！　むふふ！

「人《ひと》けがない？」

高野《たかの》さんは、ハッとした。

「もう！　あたしのバカ！　なんで気《き》づかなかったんだろう。安藤《あんどう》さん！　はやく行《い》こっ」

「え、え？」

まさか！

告白《こくはく》をのぞきに行《い》くの――っ？

むんず、と手首《てくび》をつかまれて。

「ちょっと、高野《たかの》さーんっ！」

彼女《かのじょ》に引《ひ》っ張《ぱ》られるように、階段《かいだん》をおりた。


まずい、まずい、まずいよー。

絶対《ぜったい》よくないよね。いくら心配《しんぱい》だからって……。

とうとう体育館《たいいくかん》の渡《わた》り廊下《ろうか》まで来《き》ちゃった。

なんの迷《まよ》いもなく、確《たし》かな足取《あしど》りで。高野《たかの》さんはズンズン先《さき》を急《いそ》ぐ。廊下《ろうか》を渡《わた》りきって体育館《たいいくかん》へ。

止《と》めるなら、今《いま》しかない！

「たっ、高野《たかの》さん！」

「なに？」

「あの、こういうこと、いけないと思《おも》うの。友達《ともだち》を心配《しんぱい》する気持《きも》ちはわかるけど、のぞきなんて……」

「シッ。だまって！」

高野《たかの》さんが壁際《かべぎわ》にピタリとくっついたので。

「へ？」

わたしもつい、彼女《かのじょ》のうしろに身《み》をひそめた。

刑事《けいじ》ドラマみたい！

だれかいるの？

じっと耳《みみ》をすます。

すると――。

「この二次元《じげん》オタク！」

――ッ！

ものすごい罵声《ばせい》に。体《からだ》がビクッと反応《はんのう》した。

「あんた、まじキモいんだけど。二次元《じげん》の男《おとこ》の話《はなし》ばっかしてさー」

なに、これ……。

背伸《せの》びをして、高野《たかの》さんの肩越《かたご》しに様子《ようす》をうかがった。

体育館《たいいくかん》のいちばんはしの大扉《おおとびら》の前《まえ》に、五、六人《にん》の女子《じょし》がいて。

あっ！

その中心《ちゅうしん》に、鵜飼《うかい》さんが！

これって。もちろん告白《こくはく》なんかじゃない……！

それに、あの子《こ》！

るりの友達《ともだち》！　うちのクラスの……。

「安藤《あんどう》さんは、ここにいて」

高野《たかの》さんは、そう言《い》うと。

「あんたたち、そこで何《なに》してるのっ？」

彼女《かのじょ》たちの前《まえ》に飛《と》びだした。

「あっ」

「高野《たかの》さん」

女《おんな》の子《こ》たちは、気《き》まずそうな顔《かお》をした。

鵜飼《うかい》さんは、

「夏芽《なつめ》ちゃん、来《き》たの？」

と、のんきな顔《かお》。こっちがガクッときちゃうくらい。あまり危機感《ききかん》がない。

「自分《じぶん》が何《なに》をしてるか、わかってるの？」

高野《たかの》さんは、キリッとしたまなざしで、彼女《かのじょ》たちを見《み》つめ返《かえ》した。

「だって、オタクのくせに、いい子《こ》ぶって気《き》に入《い》らないいんだもん」

「この子《こ》、高野《たかの》さんと仲《なか》よくして、学級委員《がっきゅういいん》の仕事《しごと》を手伝《てつだ》ったりしてさ。先生《せんせい》のウケ狙《ねら》いすぎ！」

「そうだよ。高野《たかの》さんだって、利用《りよう》されてるかもよっ」

「あのね！」

高野《たかの》さんの声《こえ》が大《おお》きくなった。

「かんちがいしないで！　あたしとゆりあは幼《おさな》なじみなの！」

なのに。

鵜飼《うかい》さんがボソッと、

「いいのよ、夏芽《なつめ》ちゃん。わたしだったら平気《へいき》。何《なに》を言《い》われても気《き》にしないから！」

って言《い》うから。

みんな、「えっ？」という顔《かお》をした。

や、やばい！

雲行《くもゆ》きがあやしいかも……。

「調子《ちょうし》にのんなよ！」

うひゃっ！

女《おんな》の子《こ》が鵜飼《うかい》さんから、手提《てさ》げバッグを奪《うば》った。

「こうされても気《き》にしないってわけ？」

と言《い》いながら、バッグを逆《さか》さまにして。ペンケースも下敷《したじ》きも全部《ぜんぶ》、床《ゆか》にぶちまけたの。

ひどい！

そして、その横《よこ》にいる子《こ》が手《て》を伸《の》ばし、

「うっわ！　何《なに》、これー」

汚《きたな》い物《もの》をさわるみたいに、ノートをつまんだ。

「ねえ、見《み》て！　二次元男《じげんおとこ》の絵《え》ばっかり。きもー」

他《ほか》の子《こ》たちもいっしょになってクスクス笑《わら》う。

なんなのよ、あの子《こ》たち。

もう許《ゆる》せないっ！

えっと！　なんかっ。

なんとかしないと！

きょろきょろとさがして見《み》つけたのは。

体育準備室《たいいくじゅんびしつ》の前《まえ》に、カゴいっぱいに積《つ》まれたドッジボール。

これだ！

両手《りょうて》でカゴの取《と》っ手《て》をつかみ、

「……く！」

えい、やあっ！


ガシャガシャーン！


「え？」

「なに？」

音《おと》におどろいた女《おんな》の子《こ》たちがこっちを見《み》た。

「たいへん！　ボールがっ」

「ええっ！」

いまごろ気《き》づいたって遅《おそ》いもんね！

「わ、わ！」

「きゃっ」

あわててボールをよける女《おんな》の子《こ》たち。

ひとつはよけられても、次《つぎ》のボールに足《あし》をとられたり。

なかにはコケそうになった子《こ》もいて。

やったー！

大成功《だいせいこう》！

心《こころ》の中《なか》であっかんべーをしながら、声《こえ》をかけた。

「ごめんね！　みんな、だいじょうぶ？」

「安藤《あんどう》さん？」

「……がやったの？」

高野《たかの》さんと鵜飼《うかい》さんは、あぜんとしてる。二人《ふたり》ともボールを抱《かか》えて立《た》っていて。

……あ。

しまった！

やりすぎちゃった、かな？

「え、えーっと……」

返事《へんじ》のかわりに、足元《あしもと》にあったボールをポン。足《あし》で押《お》しだしたら。

急《きゅう》におかしくなっちゃって。

えへへ、と苦笑《にがわら》い。

「あの、あのね！　なんとかしないと！　と思《おも》ったら。手《て》が勝手《かって》に……」

「ぷっ」

「ふふっ」

高野《たかの》さんと鵜飼《うかい》さんが笑《わら》った。

けど、

「あ……」

すぐに顔色《かおいろ》が変《か》わる。

「どうしたん、二人《ふたり》とも？」

「安藤《あんどう》さん、うしろ……」

「へ？」

パッと見《み》たら。

「お〜ま〜え〜ら〜な〜」

体育《たいいく》の先生《せんせい》が、こわーい顔《かお》をして立《た》っていたの……。

お説教《せっきょう》を受《う》けたあと、みんなでボールを片《かた》づけた。

このすきに鵜飼《うかい》さんの持《も》ち物《もの》も回収《かいしゅう》。

ちゃっかり、

「よけいなこと言《い》わないでよ」

と、いじめっ子《こ》たちにくぎを刺《さ》されちゃった。

「は？」

さすがに一瞬《いっしゅん》、言《い》い返《かえ》そうかなと思《おも》った。けど、しゃべりたくないし。

ふーんだ。

知《し》らんぷりしよっと。

「鵜飼《うかい》さん、高野《たかの》さん」

二人《ふたり》のところへ行《い》った。

「ごめんね、二人《ふたり》とも。わたしのせいで、ひどい目《め》にあって」

「ううん。気《き》にしなくていいよ。奈々《なな》ちゃんのおかげで助《たす》かったもん」

鵜飼《うかい》さんは、にっこり。

すごい。

さっきこわい思《おも》いをしたばかりなのに。

強《つよ》いんだなあ。

「うん、そうだよ。奈々《なな》、ありがと！」

高野《たかの》さんも笑《わら》う。

え？

奈々《なな》……って。

今《いま》、二人《ふたり》ともわたしのことを。

「あ、奈々《なな》って……？」

うそみたい。聞《き》きまちがいじゃないよね？

涙《なみだ》が出《で》そう……。

「どうしたの、奈々《なな》ちゃん？」

「安藤《あんどう》さん、ごめ！　呼《よ》び捨《す》てされたの、気《き》に入《い》らなかった？」

「ううん！　ちがうの！」

ブンブンと頭《あたま》をふった。

「わたし、転校《てんこう》してきたばっかりで。友達《ともだち》がいなくて。名前《なまえ》で呼《よ》ばれてうれしくて……」

高野《たかの》さんと鵜飼《うかい》さんは顔《かお》を見合《みあ》わせて。ニッと笑《わら》った。

「奈々《なな》ちゃーん」

「なーな！」

え、なに？

「あたしたちが、いくらでも言《い》ってあげる！」

「奈々《なな》ちゃんも言《い》いなよ！　ゆりあ、夏芽《なつめ》って！　ほら！」

ひょえー。

とつぜん言《い》われても〜。

「ほらほら。恥《は》ずかしがらずにー！」

二次元

ひゃー。う、うれしいよー。
でもね。
そのとき、わたし見《み》ちゃったの。
渡《わた》り廊《ろう》下《か》の向《む》こうから、るりがこっちをにらんでいるところを……。
なんか。いやな予《よ》感《かん》がする——。

6　大切《たいせつ》なこと

あっ、今日《きょう》の給食《きゅうしょく》はシチューだ！　においでわかった。

三時間目《じかんめ》をすぎたあたりから、

「はやく食《く》いてー」

「腹《はら》へったあ」

みんなそわそわ。気《き》もそぞろ。

わたし、大《おお》きいおかずの配《はい》ぜん係《がかり》だから。お肉《にく》もお野菜《やさい》も均等《きんとう》に！

まんべんなく行《い》きわたるようにしないと。

がんばって、お皿《さら》によそったのに……。

なぜか、みんなシチューのお皿《さら》だけ手《て》をつけていないの。

白《しろ》いパンと小《ちい》さいおかずのサラダだけ食《た》べて、すごく不自然《ふしぜん》。

「ね、ねえ。シチュー食《た》べないの？　変《へん》なの入《はい》ってた？」

うしろの席《せき》の女子《じょし》、宇多川《うだがわ》さんに訊《き》いてみたら。

「あ、ううん。シチューあんまり好《す》きじゃないから……」

サッと目《め》をそらされた。

えー、どういうこと？

嫌《きら》いなら、そう言《い》ってくれればよかったのに。

量《りょう》を減《へ》らすことだってできたのにな。

ちょうどスピーカーから流《なが》れていた曲《きょく》が途切《とぎ》れ。

教室《きょうしつ》がシーン。

「あー、ばっちい」

ボソッと言《い》う声《こえ》が響《ひび》いた。

「シチューさわったらバイキンがうつるよ」

「えっ？」

だれ？

教室《きょうしつ》を見渡《みわた》したけど。

女子《じょし》はみんな、わたしと目《め》をあわせようとしない。

男子《だんし》はニヤニヤしていて……。

石黒《いしぐろ》くんは、「へ？」という顔《かお》で、わたしを見《み》てる。

ばっちい、って……。

やだっ、わたしのこと？

どうして、こんなことされるの？

わけわかんないよ！

声《こえ》が出《で》ない……。

「見《み》てよ、あの顔《かお》」

「あったまわるー。まだわかってないみたい」

「あきれた！」

「オタクの仲間《なかま》のさわった給食《きゅうしょく》なんか食《た》べられないのにねえ」

ハッとして、るりを見《み》たら。自分《じぶん》だけ関係《かんけい》ないって感《かん》じで、窓《まど》の外《そと》をながめていた。

ひどい！

こんな、ひきょうなやり方《かた》……。

背《せ》すじに氷水《こおりみず》を浴《あ》びたみたい。ガチガチふるえて――。

昨日《きのう》の仕返《しかえ》しなんだ。

そう思《おも》ったとき、

「うおっ！　今日《きょう》のシチューは特別《とくべつ》うまそうだな！」

と声《こえ》があがった。

石黒《いしぐろ》くん……？

彼《かれ》は、ぱくぱくシチューを食《た》べだした。

みんなの視線《しせん》が石黒《いしぐろ》くんに集《あつ》まる。

あっというまにお皿《さら》がきれいになって。

「ん？」

その視線《しせん》に気《き》づいた石黒《いしぐろ》くんは、

「みんな食《た》べないのか？　おれが全部《ぜんぶ》、食《く》っちまうぞ？」

と言《い》いながら、わたしにお皿《さら》を差《さ》しだした。

「安藤《あんどう》さん、おかわり！」

「えっ、おかわり？」

ぽかん、と石黒《いしぐろ》くんの顔《かお》を見《み》る。

「えっと、あの、その……」

「あ、おかわりない？」

「ううん！　いっぱい、ある！　あるけど……」

「けど？」

石黒《いしぐろ》くんってば。そんなことしていいの？

カアーッと、頬《ほお》に赤《あか》みがさすのがわかった。

そうしたら、教室《きょうしつ》のあちこちで。

「いただきまーす」

「食《た》べよ、食《た》べよー」

と、カチャカチャ食器《しょっき》の音《おと》がして。みんなシチューを食《た》べていた。一部《いちぶ》の女子《じょし》をのぞいてだけど。

みんな……！

教室《きょうしつ》にいつもの騒《さわ》がしい音《おと》が返《かえ》ってきた。

きゅっと目《め》をこする。

「石黒《いしぐろ》くん！」

彼《かれ》に向《む》かって笑顔《えがお》を作《つく》った。

「おかわりは自分《じぶん》でしてください！」

「ちぇー」

不服《ふふく》そうに、返事《へんじ》をした石黒《いしぐろ》くん。

……あっ。

親指《おやゆび》をビシッと立《た》てながら、笑《わら》いかけられたの。

どぎまぎする胸《むね》をおさえて。わたしもこそっと、親指《おやゆび》を立《た》てる。

石黒《いしぐろ》くん、ありがとう――。


夏芽《なつめ》、ゆりあ！　二人《ふたり》はだいじょうぶかな。心配《しんぱい》だよっ。

いてもたってもいられず。掃除《そうじ》の時間《じかん》。ホウキを手《て》にしたまま猛《もう》ダッシュ。

「ん？　どうしたの、奈々《なな》？」

「あっ、奈々《なな》ちゃーん」

わたしを見《み》つけた二人《ふたり》が、廊下《ろうか》にパタパタ出《で》てきた。

「二人《ふたり》とも、なんともない？」

「え、なんの話《はなし》？」

よ、よかった～。なんにもなかったんだ……。

安心《あんしん》したら、ガクッと力《ちから》が抜《ぬ》けちゃった。

ふうー。

フラフラ窓《まど》のさんに手《て》をかけ、しばし休憩《きゅうけい》……んっ？

「安藤《あんどう》さんっ！」

いきなり肩《かた》をつかまれて、くるっと体《からだ》が半回転《はんかいてん》！

ひょえええっ！

トオルくんの顔《かお》が、どアップ！

「安藤《あんどう》さん、どうしたっ？　気分《きぶん》わるいのっ？」

か、肩《かた》っ！　肩《かた》に手《て》っ。

「ちょっと、森口《もりぐち》！」

「わたしたちの奈々《なな》ちゃんに何《なに》するの！」

「あんだよっ。おれだって心配《しんぱい》してんだぞっ」

と言《い》い返《かえ》したトオルくん。

ゆりあが「ふうん」と目《め》を細《ほそ》めた。

「森口《もりぐち》くん、残念《ざんねん》だわ。どの角度《かくど》からどう見《み》ても、心配《しんぱい》というより――」

夏芽《なつめ》が「はあー」とため息《いき》をつく。

「いやがる娘《むすめ》に手《て》を出《だ》す、悪代官《あくだいかん》にしか見《み》えません！」

「悪代官《あくだいかん》？」

「そ、時代劇《じだいげき》の」

二人《ふたり》の声《こえ》がハモる。

トオルくんはギクッとして。パッと手《て》をはなした。

「さっすが、夏芽《なつめ》ちゃん。たとえがいいわ！」

「え、そーお？」

二人《ふたり》の息《いき》はピッタリ。

「うっせーな！　こ、これは……そう！　成《な》り行《ゆ》き！　わざとじゃねーし」

トオルくんが顔《かお》を真《ま》っ赤《か》にして、口《くち》をもごもごさせたから。

わたしまで赤《あか》くなっちゃった……。

両手《りょうて》で頬《ほお》をはさみ、彼《かれ》を見上《みあ》げる。

「し、心配《しんぱい》してくれて、ありがとう。どこもわるくないから……」

「お、おう。こっちこそ早《はや》とちりして……」

なんか、妙《みょう》な空気《くうき》。

照《て》れくさいようーっ。

「それより、奈々《なな》。真面目《まじめ》な話《はなし》、どうしたの？　様子《ようす》が変《へん》だよ」

と夏芽《なつめ》が訊《き》いてくれたおかげで、やっと本題《ほんだい》へ。

「う、うん。あのね。実《じつ》は……」

トオルくんの前《まえ》で話《はな》してもいいのかな……。

迷《まよ》いながらも打《う》ち明《あ》けると。

「そんなやつら、おれがとっちめてやるっ！」

パシッ。

トオルくんが自分《じぶん》のげんこつを反対《はんたい》の手《て》で受《う》けとめた。

「バカじゃないの、あんた！」

「暴力反対《ぼうりょくはんたい》！」

「わ、わかってるよ！　ちょっと言《い》ってみただけだって」

トオルくん、ショボン。

「あーあ。同《おな》じクラスだったらなあ。また、なんかあったら……」

「だ、だけどね、石黒《いしぐろ》くんが……」

「へ、翔太《しょうた》が？」

助《たす》けてくれたの、と言《い》おうとしたところ。

「あ、安藤《あんどう》さん！」

三人《にん》の女《おんな》の子《こ》に話《はな》しかけられた。

「宇田川《うだがわ》さん……？」

「給食《きゅうしょく》のとき、ごめんね。あたし、どうしても逆《さか》らえなくて。ほんとは、あんなことしたくなかったんだけど……」

他《ほか》の二人《ふたり》の女《おんな》の子《こ》もあやまる。

「ごめんなさい、安藤《あんどう》さん」

「わたしたち、勇気《ゆうき》がなくて……」

三人《にん》ともうつむいて、今《いま》にも泣《な》きだしそうな顔《かお》をしてる。

「そう、だったんだ」

うん、わかるよ。こわかったんだよね。

わたしだって、こわかったもん。

「ううん、ありがとう」

クラス全員《ぜんいん》に嫌《きら》われていたわけじゃなかったんだ。

大切《たいせつ》なことを見落《みお》とさずにすんだ。

石黒《いしぐろ》くんのおかげだね……。

7　彼《かれ》のうしろ姿《すがた》

それから三、四日《よっか》がすぎて。この間《あいだ》にうれしいことが続《つづ》いた。

プリントが配付《はいふ》されるとき、

「安藤《あんどう》さん、ごめんね」

と、こっそり耳打《みみう》ちされたり。

授業中《じゅぎょうちゅう》まわってきたメモに、

「わるかった」

と書《か》かれていたり。

帰《かえ》るとき昇降口《しょうこうぐち》で、

「安藤《あんどう》さーん、バイバーイ!」

って、手《て》をふってくれたりして。

みんなと少《すこ》し、距離《きょり》が近《ちか》づいたような気《き》がしたんだ。

けどね。問題《もんだい》がひとつ。

「翔太《しょうた》ー！　行《い》くぞー！」

「おー、今行《いまい》く！」

あ、石黒《いしぐろ》くん。部活《ぶかつ》に行《い》っちゃった……。

また今日《きょう》も、あいさつ以外話《いがいはな》せなかったな。

席《せき》はとなりだけど。給食《きゅうしょく》の一件以来《いっけんいらい》、話《はな》しかけづらいの。

おおっぴらに、おかわり！　ってされちゃったから。はずかしくて……。

はあ。このまま席替《せきが》えになったら、どうしよう。やだなあ。

帰《かえ》り支度《じたく》をしてランドセルを背負《せお》おうとしたら。

「安藤《あんどう》さん。ちょっと話《はな》してもいい？」

るりのグループの一員《いちいん》、野村《のむら》さんがわたしを待《ま》っていた。

「え、えっと……？」

めずらしく一人《ひとり》なのかな。るりたちは帰《かえ》ったらしく、教室《きょうしつ》にいない。

ランドセルをおろす。

「話《はなし》？　わたしに？」

「うん！」

変《へん》だな。この子《こ》、今《いま》は笑《わら》ってるけど――。

体育館《たいいくかん》で、ゆりあをいじめてた子《こ》だもん。油断《ゆだん》できないや！

グッと口元《くちもと》をひきしめる。

「そんなにこわい顔《かお》しないでよ」

野村《のむら》さんは髪《かみ》を払《はら》った。

「給食《きゅうしょく》でのこと、あたしもあやまりたいんだ。でも、ここは話《はな》しづらいから……」

チラッと視線《しせん》をすべらせた彼女《かのじょ》。

うん、確《たし》かに。チャイムが鳴《な》ったばかりだから、残《のこ》ってる子《こ》が多《おお》い。

なのに、るりたちだけいないのって。どういうわけなんだろ。

ただの思《おも》いすごしかなあ。

「あたしのあと、ついてきて。ね、おねがい！」

え、どうしよ。困《こま》ったな。

「おねがい、安藤《あんどう》さん！」

「う、うん……」

もーう！　わたしのバカ！

うん、って言《い》っちゃったよ。

ほんと、大《おお》バカ……。


野村《のむら》さんに連《つ》れていかれたところは、北校舎《きたこうしゃ》のうらがわだった。

「そっち、そっち！　このまま真《ま》っ直《す》ぐ行《い》って、角《かど》のところでまがって」

と、うしろからわたしを先《さき》へうながす野村《のむら》さん。

「え？　うん、わかった」

ずいぶん奥《おく》まで行《い》くんだなあ。

野村《のむら》さん、よっぽど人《ひと》に見《み》られたくないんだね。

気持《きも》ちはわかるけど。

言《い》われるままに角《かど》をまがる。

「あ」

「安藤《あんどう》……さん？」

「い、石黒《いしぐろ》くん……」

どうして、ここにいるの？

部活《ぶかつ》ならグラウンドにいるんじゃ……。

パチパチ。

わけがわからなくて、何度《なんど》もまばたきをくりかえす。

次《つぎ》の瞬間《しゅんかん》、

「わわっ。ちょ、ちょっと待《ま》って！」

石黒《いしぐろ》くんがバタバタあわてだした。

へ？

その、はだけたシャツは。

ひょっとしなくても！

ぎっ。

「ぎえええええ────っ！」

ど、どうしてっ。

外《そと》で着《き》がえてるのおおおーっ？

「安藤《あんどう》さんっ」

とさけんだ石黒《いしぐろ》くんの手《て》は、短《たん》パンのウエストをひっぱりあげているところで。

「ぎゃああっ！」

変《へん》なとこ見《み》ちゃったようっ！

そのうえ彼《かれ》のうしろからガヤガヤと。

「なんだ、なんだ？」

「あ、女子《じょし》がいるぞっ」

「チカンだ！　ノゾキだ！」

「えー、まじー？」

ひょいひょい男子《だんし》が顔《かお》をのぞかせたの！

ひ、ひいい〜っ！

みんなハダカじゃーん！

もう、やだあああー！

ぱさり。

柔《やわ》らかいものが降《ふ》ってきて、

——え？

わたしの顔《かお》を包《つつ》んだ。

「おまえら、これ以上《いじょう》からかうなよ。さっさと着《き》がえろ！」

あ、タオル。

石黒《いしぐろ》くんが、かけてくれたんだ……。

まわりが見《み》えなくなったら、だんだん落《お》ちついてきた。

ホッと息《いき》をつく。

「おい、だれかトオルを呼《よ》んできて。おれは先《さき》に校庭《こうてい》へ行《い》ってるから！」

みんなにテキパキ指示《しじ》を出《だ》してから、

「安藤《あんどう》さん、行《い》こう」

彼《かれ》はわたしの背中《せなか》を押《お》しだした。


「ごめんな、安藤《あんどう》さん。おれたちサッカー部《ぶ》は、いつもあそこで着《き》がえてるんだ。教室《きょうしつ》と行《い》ったり来《き》たりするのが、めんどくさくてさ。けど、もうやめるよ」

歩《ある》きながら、石黒《いしぐろ》くんはそう説明《せつめい》してくれた。

ただ黙《だま》って、こっくりうなずいたわたし。

わたし、男子《だんし》の着替《きが》えをのぞいちゃったんだよね。

しかも、石黒《いしぐろ》くんのを。

はあー。

「けどさ、どうして安藤《あんどう》さんあそこに来《き》たの？」

びくっ。

「あそこ、あんまり人来《ひとこ》ないんだよね。だから着《き》がえてた、ってのもあるんだけど」

びくびくっ！

「あ、えーっとね。それは……」

パッと野村《のむら》さんの顔《かお》が浮《う》かんだ。

だけど……。

もし、ここで言《い》ったら。また石黒《いしぐろ》くんに面倒《めんどう》をかけちゃう。

そんなの、やだな。サッカーだけをがんばってほしいのに……。

「あ、あのね！」

「ん？」

「わたし！　こう見《み》えても、探検好《たんけんず》きなんだー。だから校内探検《こうないたんけん》して迷《まよ》ったりして。えへへ」

口《くち》を曲《ま》げ、無理《むり》やりニイーッと笑《わら》う。

く、苦《くる》しい言《い》いわけだったかな？

石黒《いしぐろ》くんは、きょとんとしていて。

「ぷくく！」

思《おも》いっきり吹《ふ》きだした。

「安藤《あんどう》さん、おもしれー。今《いま》すっげー顔《かお》してたぞっ」

意外《いがい》にもウケてしまった。

うっ。なんか複雑《ふくざつ》な気分《きぶん》……。

「あ、あはははは……」

そこに。

ザシュザシュッと土《つち》を削《けず》る音《おと》が。

「安藤《あんどう》さん！」

トオルくんが走《はし》ってやってきた。

あっ。トオルくん、汗《あせ》でいっぱい。

わたしのこと、心配《しんぱい》して来《き》てくれたんだ……。

「だいじょうぶ、安藤《あんどう》さんっ？」

「う、うん！　びっくりしたけど平気《へいき》。また石黒《いしぐろ》くんに助《たす》けてもらったから……」

「え、また……？」

トオルくんは、石黒《いしぐろ》くんの顔《かお》を見《み》た。

「また、って。どういうことだよ、翔太《しょうた》？」

「トオル。おまえは、来《く》るのが遅《おそ》いんだよ。ほら！」

石黒《いしぐろ》くんがスッと手《て》をあげる。

「メンバーチェンジ！」

「あ、ああ」

トオルくんも片手《かたて》をあげる。

パシッ！　と、いい音《おと》が。

「いてっ。なんだよ、翔太《しょうた》！」

「活《かつ》いれてやったんだぞ。しっかりな！」

トオルくんの返事《へんじ》を待《ま》たずに、石黒《いしぐろ》くんは引《ひ》き返《かえ》した。

タオル、返《かえ》せなかったな……。

首《くび》にかけたタオルのはしをギュウッとにぎる。

「安藤《あんどう》さん、荷物《にもつ》とりにいくんだろ？　教室《きょうしつ》までつきあうよ！」

トオルくんが明《あか》るい笑顔《えがお》で話《はな》しかけてくれたけど。

わたしは。

石黒《いしぐろ》くんのうしろ姿《すがた》から目《め》が離《はな》せなかった。

8 結成《けっせい》！ チーム1％

教室《きょうしつ》に戻《もど》ると、だれもいなくて。わたしのランドセルだけ、ポツンと残《のこ》ってた。

「トオルくん、ありがとう。わたし帰《かえ》るね」

戸口《とぐち》のところでふり返《かえ》る。

トオルくんは、うかない顔《かお》をしていた。

「心配《しんぱい》だなあ。一人《ひとり》で帰《かえ》したくないよ。けど、おれは部活《ぶかつ》があるし……」

「だいじょうぶ！　べつに具合《ぐあい》がわるいとか、そんなんじゃないから」

「ダメにきまってんだろ！」

トオルくんは、とがめるように言《い》った。

「安藤《あんどう》さんは、おれよりちっさいからな。走《はし》るのだってさ」

わたしの頭《あたま》をポンポン。

「超《ちょう》おそいだろ？」

「ひっどーい！　足《あし》が短《みじか》いって言《い》いたいの？」

ぷうっと、ほっぺをふくらます。

「ははは」

「こらーっ」

と、ゆりあがあらわれて。

「ハイハイ、どいてどいて！」

わたしとトオルくんの間《あいだ》に立《た》った。

「なんだよ、鵜飼《うかい》。まだ帰《かえ》ってなかったのかよ」

「おあいにくさま！　夏芽《なつめ》ちゃんのお手伝《てつだ》いしてたの！」

バチバチッ！

ひえっ。

二人《ふたり》の間《あいだ》に火花《ひばな》が？

「ゆりあ、ってば！」

夏芽《なつめ》が遅《おく》れてやってきて、ゆりあの腕《うで》をひっぱった。

「奈々《なな》、まだ帰《かえ》ってなかったんだ。ちょうどよかった。いっしょに帰《かえ》ろ！」

それから、トオルくんに向《む》き直《なお》る。

「ごめん、森口《もりぐち》。ゆりあ、男嫌《おとこぎら》いだから」

「ああ。べつにいいよ。いつものことだしな。それより――」

トオルくんは、ニヤッとした。

「うってつけのボディガードが見《み》つかったな！」


トオルくんとわかれ、校門《こうもん》を出《で》たわたしたち。

「奈々《なな》！　ボディガードって、どういう意味《いみ》なの？」

夏芽《なつめ》もゆりあも心配《しんぱい》してくれて。

「う、うん。あのね」

思《おも》いきって野村《のむら》さんの一件《いっけん》を話《はな》す。

サッカー部《ぶ》の着替《きが》えに遭遇《そうぐう》した場面《ばめん》で。

「えーっ！　そんなことがああ――――っ？」

夏芽《なつめ》とゆりあ、二人《ふたり》そろって口《くち》をあんぐりした。

だろうね。

やっぱり、びっくりするよねっ。

で。つい、指《ゆび》をもじもじ。

「でね、石黒《いしぐろ》くんがタオルを、わたしの頭《あたま》にかぶせてくれて。そっ、それで。これ以上《いじょう》からかうな、って男子《だんし》たちに言《い》ってくれて……」

声《こえ》しかわからなかったけど。石黒《いしぐろ》くん、かっこよかったな……。

ぽっ。

あれれ？

あれっ！

「奈々《なな》ちゃん、ほっぺ赤《あか》いよ？」

ゆりあに指摘《してき》され。

「あ……！」

ますます、カアーッとなっちゃった。

「もしかして、石黒《いしぐろ》くんのこと……？」

夏芽《なつめ》がうかがうようにわたしを見《み》る。

「その、さっきからずっと首《くび》に巻《ま》いてるタオル、石黒《いしぐろ》くんのなんだね！」

「――ッ！」

「そうなの、奈々《なな》ちゃん？」

ゆりあも心配《しんぱい》そうに見《み》つめてる。

わたし。

わたし――。

迷《まよ》わずにうなずいた。

「うん。好《す》き。気《き》づいたら、好《す》きになってた……」

「そっか、石黒《いしぐろ》くんかあ」

夏芽《なつめ》がつぶやく。

「だったら、がんばらないとね！　ライバル多《おお》いよ、奈々《なな》」

「ファンクラブの子《こ》たちがいるからね」

ゆりあがうんざりした声《こえ》で言《い》った。

「ファンクラブ？」

「知《し》らないの、奈々《なな》ちゃん？　一組《くみ》に中垣内《なかがいち》るりって子《こ》いるでしょう？」

「うん」

「あの子《こ》がね、石黒《いしぐろ》くんのファンクラブのリーダーなんだって。試合《しあい》はもちろん、練習《れんしゅう》にまでついてくるらしいよ。体力《たいりょく》テストのときも、はしゃいでたし」

そっか……。

あの子《こ》たちファンクラブだったんだ。やっぱりなあ。ただならぬ雰囲気《ふんいき》だったもん。

「おどろかないの？」

と夏芽《なつめ》。

「うん。なんとなく、そうかなって思《おも》ってたから」

「告白《こくはく》……する？」

ゆりあが遠慮《えんりょ》がちに訊《き》いてくる。

「告白《こくはく》？　とんでもないよっ」

「どうして？　卒業《そつぎょう》まで一年《ねん》ないのよ。もじもじしていたら、あっというま。すぐ離《はな》れ離《ばな》れだよ？　同《おな》じ中学《ちゅうがく》に行《い》くとはかぎらないでしょう？」

「だって、でも、わたし転校《てんこう》してきたばかりだし。いいところ全然《ぜんぜん》ないんだもん。それに、トオルくんが……」

「え、森口《もりぐち》？」

夏芽《なつめ》が首《くび》をかしげる。

「石黒《いしぐろ》くんに応援《おうえん》されちゃってるみたいなの。わたしとトオルくんのこと、かんちがいしてるみたいで……」

「森口《もりぐち》くん、奈々《なな》ちゃんにラブラブだもんねー」

「ゆっ、ゆりあ！」

「あたしも気《き》づいてた」

「夏芽《なつめ》まで？」

「態度《たいど》でわかるよ。あいつ、わかりやすいんだもん」

ええーっ。

メチャクチャ焦《あせ》る！

「だ、だからね！　無理《むり》なのっ。石黒《いしぐろ》くんになんとも思《おも》われてないんだもん。両思《りょうおも》いになれる可《か》能性《のうせい》があったとしても。たったの1％しかないよ、きっと……」

一瞬《いっしゅん》の沈黙《ちんもく》のあと。

「1%……か」

夏芽《なつめ》の蹴《け》った小石《こいし》がコツンと転《ころ》がった。

「それなら、あたしだって、1%の片思《かたおも》いをしてるよ」

「え？」

「しかも、相手《あいて》は五年生《ねんせい》なんだ」

「ええっ、五年生《ねんせい》？」

「フフ、おどろいた？」

少《すこ》し悲《かな》しそうに笑《わら》う夏芽《なつめ》。

「あ、ごめん！」

ハッと気《き》づいて、あわててあやまった。

「でも、でも！　五年生《ねんせい》って、あまり話《はな》す機会《きかい》ないよね？　どこで知《し》り合《あ》ったの……？」

「うん。あたしね、ほら、児童会《じどうかい》やってるでしょう？　そこでいっしょなんだ。だから……」

そうだったんだ……。

年下《としした》の男子《だんし》なんか自分《じぶん》より幼《おさな》すぎて、恋愛対象《れんあいたいしょう》として見《み》たことなかったな。しっかり者《もの》の夏芽《なつめ》の好《す》きな人《ひと》が五年生《ねんせい》だなんて、考《かんが》えもしなかった……。

そこへ、ゆりあがうれしそうに話《はなし》に入《はい》ってくる。

「奈々《なな》ちゃんも、せつない恋《こい》をしてるの？　わたしもだよ！　とってもだあーい好《す》きな人《ひと》がいるんだけど、手《て》が届《とど》かないの」

「ゆりあも？　だ、だれ？　どんな人《ひと》？」

「えーっとね！」

ゆりあはうっとりして、頬《ほお》を赤《あか》らめた。

「背《せ》が高《たか》くて、イケメンでやさしくて、すごく頭《あたま》がよくて……」

えー、すごい！　パーフェクト！　そんな人《ひと》いるの？

手《て》が届《とど》かないはずだよ！

「そ、それで？　それでっ？」

「うん、でね！　この間《あいだ》は川《かわ》でおぼれていた子犬《こいぬ》を助《たす》けてね」

「すごい！　泳《およ》ぎが得意《とくい》なんだ」

「彼《かれ》は地球《ちきゅう》の平和《へいわ》のために、毎週戦《まいしゅうたたか》ってるの」

ん？

「だから大変《たいへん》なのよ！　もうハラハラしちゃって……」

「え、えっと。それって……」

わたしが固《かた》まっていると、夏芽《なつめ》のツッコミが入《はい》った。

「それはさすがに0％なんじゃない？　二次元《じげん》キャラなんだし」

「ひどーい、夏芽《なつめ》ちゃん！」

きゃらきゃら笑《わら》いあう二人《ふたり》。

あはは、やっぱし！　アニメかマンガのキャラのことだったんだ。

「夏芽《なつめ》、ゆりあ……」

二人《ふたり》とも、いつも明《あか》るく笑《わら》ってるから。わからなかった。

みんな、片思《かたおも》いしてるんだね。

たった1％しか実《みの》らない。

99％かなわない、片思《かたおも》いを……――。

「奈々《なな》？」

「奈々《なな》ちゃん？」

はっ。ダメ！

一人《ひとり》だけ、しんみりしたら。

元気《げんき》ださなくっちゃ、だよね！

「なんか偶然《ぐうぜん》だね。わたしたち三人《にん》とも片思《かたおも》いしてて。まるでチーム　みたい。チーム1%！」

えへ！　と笑《わら》う。

「チーム1%？」

夏芽《なつめ》とゆりあがびっくりして、口《くち》をそろえた。

……えっ？　わたし、また妙《みょう》なこと口走《くちばし》った？

けど、二人《ふたり》の反応《はんのう》は——。

「いいね、それ！　あたしたち、チームになろうよっ」

「ステキ！　恋《こい》について語《かた》り合《あ》うのね！」

と、大賛成《だいさんせい》！

「うん、やろう！」

こうして、わたしたちはチーム1%を結成《けっせい》した。

一人《ひとり》じゃできないことも、三人《にん》だったらがんばれる！

恋《こい》に前向《まえむ》きになろう！　って決《き》めたんだ。

1%
virtually

9　るりからの警告《けいこく》

それでね。

ただいま活動《かつどう》の真《ま》っ最中《さいちゅう》で——。

「奈々《なな》ちゃん！　これ、いいんじゃないかしら。かわゆいわよ！」

「……ゆりあ、それキャラ弁《べん》だって」

「え、えーっと。いきなりお弁当《べんとう》はちょっと。レベル高《たか》いよう」

日曜日《にちようび》の午後《ごご》。さっそく図書館《としょかん》に集《あつ》まって相談《そうだん》したの。

なんの相談《そうだん》かというと。

ズバリ、男子《だんし》の胃袋《いぶくろ》をつかもう大作戦《だいさくせん》！

告白《こくはく》まではできないけど。差《さ》し入《い》れだったら、できるかなあって。

いつも助《たす》けてもらってばかりだから、石黒《いしぐろ》くんに何《なに》かお礼《れい》をしたいなあって。

そう思《おも》ったの。

「クッキーだったら、作《つく》れそう。材料少《ざいりょうすく》ないし……」

おこづかい、限《かぎ》られてるもんね！

一冊見終《さつみお》わって、次《つぎ》の本《ほん》へ手《て》を伸《の》ばしかけたら。

「うわー」

「奈々《なな》ちゃん、すごい！」

夏芽《なつめ》とゆりあの声《こえ》に気《き》づいて。

「え？」

顔《かお》をあげた。

「なあに？」

「だって、奈々《なな》ちゃん。すっごくはやいんだもん。本《ほん》を読《よ》むの」

「それ速読《そくどく》っていうやつ、奈々《なな》？」

「う、うん。唯一《ゆいいつ》の特技《とくぎ》なんだ。学校《がっこう》ではしないけど」

「へーえ！」

三人《にん》でいることが楽《たの》しくて。自然《しぜん》に声《こえ》が大《おお》きくなっちゃうんだよなあ。

さっき司書《ししょ》さんに怒《おこ》られたばかりなのにね。

ほら、また！

カウンターの向《む》こうから、司書《ししょ》さんが……。

ごめんなさーいっ。

「夏芽《なつめ》、ゆりあ。大人用《おとなよう》のクッキング本《ぼん》、見《み》にいっていい？」

「うん、オッケー」

「わたしたちは、もう少《すこ》しここにいるね！」

「ありがとう」

と、席《せき》を立《た》った。


おっかしいなあ。

配置図《はいちず》を見《み》て、ちゃんと覚《おぼ》えたつもりだったのに。

さっきから同《おな》じところをウロウロしてるような……。

夏芽《なつめ》とゆりあが待《ま》ってる。はやく戻《もど》らなくちゃ！

「あれ？」

児童書《じどうしょ》コーナーにでちゃった。

カラフルな色《いろ》のソファに、ちっちゃな机《つくえ》。

フフッ。おもちゃみたい。

低《ひく》い棚《たな》を見《み》おろしながら歩《ある》いていくと。畳《たたみ》の敷《し》かれたスペースがあって。

――あっ！

るり……。

るりがペタンと畳《たたみ》の上《うえ》に座《すわ》っていた。

そのかたわらには、小《ちい》さな女《おんな》の子《こ》が二人《ふたり》、るりにくっつくようにしていて。

「おねえちゃま、くまさん！」

「こっちは、キリンさん！」

るりのひざの上《うえ》で開《ひら》かれた絵本《えほん》に、夢中《むちゅう》になってる。

「そうだねえ。じゃあ、次《つぎ》は？　かくれているのは、だーれ？」

るりがあんなにやさしい顔《かお》をするなんて。

別人《べつじん》みたいだよ……。

ドサッ！

げげっ！　わたしってば。

本《ほん》、落《お》としちゃった！

音《おと》に気《き》づいた三人《にん》は、わたしを見《み》た。

「あ、安藤《あんどう》さん？」

「こっ、こんにちは。偶然《ぐうぜん》だねっ。ここで会《あ》うなんて！」

怪《あや》しむような彼女《かのじょ》の視線《しせん》に。

たらーり。冷《ひ》や汗《あせ》が流《なが》れて……。

「ほっ、ほんと！　偶然《ぐうぜん》だよね！」

会話《かいわ》が続《つづ》かない。思《おも》いっきり、気《き》まずいよう……。

どうしようかと焦《あせ》っていたら。

トコトコトコ。

女《おんな》の子《こ》たちがよってきて。

「え？」

ツンツンとそでをひっぱられた。

「おねえちゃん、るりおねえちゃまのおともだち？」

うわー、かわいい！　おっきなおめめ！

双子《ふたご》ちゃんだったんだ。

思《おも》わず、

「うん、そうだよ！　おねえちゃまのお友達《ともだち》！」

って、言《い》っちゃったんだ。

「安藤《あんどう》さん……」

さすがのるりも、あきれたような顔《かお》をしてた……。


双子《ふたご》ちゃんたちにせがまれて。わたしも絵本《えほん》を読《よ》んであげた。

「おねえちゃん、ありがと！」

天使《てんし》のような微笑《ほほえ》みにいやされるぅー。

「もうよんじゃった」

「さがしにいこ！」

双子《ふたご》ちゃんたちは靴《くつ》をはいて、パタパタ向《む》こうへ。

るりがボソッと小声《こごえ》で言《い》った。

「あたしたち、お友達《ともだち》なんかじゃないのにね」

うっ。胸《むね》にグサッ。

負《ま》けるもんかっ。

「いっ、いいじゃない。そんな言《い》い方《かた》しなくても。同《おな》じクラスなんだし……」

「のんきね。いつまで、そうやっていられるの？」

「なんのこと？」

「それ」

「あっ」

るりが、わたしの持《も》ってた本《ほん》を横《よこ》からうばいとった。パラパラ、ページをめくる。

「今度《こんど》は、お菓子《かし》の差《さ》し入《い》れなんだね。あんな目《め》にあったのに、まだ懲《こ》りてないんだ」

ドキッ。バレた！

でも、それよりもひっかかったのは――。

「えっ、あんな目《め》にって……？」

「恥《はじ》、かいたんでしょう？　男子《だんし》の着替《きが》えのぞいて。なのに、しつこいんだね」

ハッとして、るりを見《み》る。

「どうして知《し》ってるの……？」

給食《きゅうしょく》のことだけじゃない。あの、野村《のむら》さんのことも。

今《いま》までの嫌《いや》がらせ、全部《ぜんぶ》。

るりが指揮《しき》をとっていたとしたら……。

「いーい？　これ以上《いじょう》、目立《めだ》つことしないで。その方《ほう》が身《み》のためだよ。わかった、安藤《あんどう》さん？

それと――」

わたしに本《ほん》を手渡《てわた》しながら立《た》ち上《あ》がり。

「妹《いもうと》たちの面倒《めんどう》みてくれて、ありがと」

るりは歩《ある》きだした。

「ちょっと待《ま》って、中垣内《なかがいち》さん！　教《おし》えて、どういうことなの？」

だけど、わたしの声《こえ》は彼女《かのじょ》に届《とど》かなかった――。

「奈々《なな》、こんなところにいたの？　そろそろ買《か》い物《もの》に行《い》かないと」

わたし、ぼーっとしてたみたい。夏芽《なつめ》が来《く》るまでずっと。

「うん、わかった。いこっか」

と、立《た》ちあがったところまではよかったんだけど。

「奈々《なな》、どうしたの？　青《あお》い顔《かお》をして……」

ガマンできなくて。ぽろっと泣《な》いちゃった。

「わた、わたし。ダメなのかな。わたしなんかが、いくらがんばっても……」

「奈々《なな》……」

「無駄《むだ》なのかな……」

「バカ！　急《きゅう》に何《なに》を言《い》いだすの？」

夏芽《なつめ》がぴしゃりと言《い》った。

「あたしたち、やるって決《き》めたばかりじゃない。あたしもゆりあも手伝《てつだ》うからさ。あきらめないで！　いっしょにがんばろうよ」

「夏芽《なつめ》……」

「1％にかけるんでしょ？」

ん、そうだね。

わたし、気弱《きよわ》になってた。

ちょっと強《つよ》く言《い》われたからって、あきらめちゃダメだよね。

「ごめん、夏芽《なつめ》。わたし、がんばる！」

「フフ、そうこなくっちゃ！」

このあと、ゆりあと合流《ごうりゅう》して。スーパーに寄《よ》ってから、わたしの家《いえ》へ。


「できた！」

なんとかクッキーを完成《かんせい》させた。

ふつうのと、ココア味《あじ》の二種類《しゅるい》の生地《きじ》で。サッカーボール型《がた》クッキーを作《つく》ったんだ。

三人《にん》で味見《あじみ》したら、

「おいひい！」

ひとまず、クッキーづくりは大成功《だいせいこう》！

「あとはラッピングして、カードを書《か》いて、渡《わた》すだけだね。奈々《なな》ちゃん、かわいいカード選《えら》ぼ！」

「ありがと、ゆりあ！」

でも。

どうやって渡《わた》せばいいんだろ……？

それが、いちばん大変《たいへん》そうなんだよなあ。

10　わたしが彼女《かのじょ》？

チャンスは放課後《ほうかご》。サッカー部《ぶ》が練習《れんしゅう》してる間《あいだ》に。

水飲《みずの》み場《ば》にかくれて様子《ようす》をうかがった。

「奈々《なな》、今《いま》ならだれもいないよ」

「クッキー持《も》ってきた？」

「う、うん。ばっちり！」

目《め》の前《まえ》にサッカー部《ぶ》の人《ひと》たちの荷物《にもつ》が置《お》いてあったけど。どれがだれのバッグなのか、サッパリ。全然《ぜんぜん》わかんないんだ。

部活《ぶかつ》バッグだから、みんなおそろだもんね。これは想定外《そうていがい》だったなあ。はあ。

「うーん、困《こま》ったね。どれが石黒《いしぐろ》くんのなんだろ？　うちのサッカー部《ぶ》、こんなに部員《ぶいん》がいたんだねー」

夏芽《なつめ》がつぶやく。

ゆりあが周囲《しゅうい》を見《み》まわした。

「何《なに》か目印《めじるし》はないの、奈々《なな》ちゃん？　キーホルダーとか……」

あ、そういえば！

「石黒《いしぐろ》くん、キーホルダーつけてた。スポーツバッグの輪《わ》っかの金具《かなぐ》に」

「どんなの？」

「サッカーボールだったよ。フェルト製《せい》の。手作《てづく》りっぽかったような……」

「よかった！　既製品《きせいひん》じゃないなら、見《み》つけやすいね」

夏芽《なつめ》はそう言《い》って、さがしはじめた。

「えーと、サッカーボール。ボールっと」

わたしとゆりあも、さがし歩《ある》く。

「ボール、ボール！」

「どこかしら……」

はやく、はやく！

さっさとしないと、サッカー部《ぶ》の人《ひと》たちが戻《もど》ってきちゃう！

神《かみ》さま！　石黒《いしぐろ》くんのバッグのありかを教《おし》えてください！

そのとき、コツンと何《なに》かが足《あし》にあたり。

「あっ！」

石黒《いしぐろ》くんのキーホルダー発見《はっけん》！

「あった〜！」

「よかったね、奈々《なな》！」

「奈々《なな》ちゃん、やったね！」

恋《こい》の神《かみ》さま、ありがとう！

「さ、はやく。奈々《なな》ちゃん、クッキーを！」

「うん！」

勝手《かって》に開《あ》けてゴメンね、石黒《いしぐろ》くん。

クッキーと、この間借《あいだか》りたタオルをバッグの中《なか》へ。

わたしの気持《きも》ち、どうか届《とど》きますように。

祈《いの》りを込《こ》めながら、ファスナーをしめた。

その日《ひ》の夜《よる》は、ドキドキして寝《ね》つけなかった。

翌日《よくじつ》の朝《あさ》、起《お》きたら。

「はっくしょーん！」

と、鼻水《はなみず》がズルズル。寒気《さむけ》がしたんだ。寝込《ねこ》んじゃったわたし。

「あら、三十八℃あるじゃない」

お母《かあ》さんが体温計《たいおんけい》を見《み》ながら言《い》った。

「夜更《よふ》かししたから、体《からだ》が冷《ひ》えたのよ！」

メッと、わたしをにらむ。

「ごめんなさ〜い……」

「転校《てんこう》のせいで、疲《つか》れが出《で》たのかもしれないわね。とにかく、おとなしく寝《ね》るのよ。わかった、奈々《なな》？」

「え！　じゃあ、学校《がっこう》は？　どうするの？」

「もちろん、よくなるまではお休《やす》みです！」

お母《かあ》さんは、わたしに掛《か》け布団《ぶとん》をポフッとかけた。

そっか、今日《きょう》はお休《やす》みか……。

ホッとしたような、がっかりしたような……。

石黒《いしぐろ》くん、クッキー食《た》べてくれたかなあ。

おいしいって喜《よろこ》んでくれたらいいんだけど。


それから三日後《みっかご》。お母《かあ》さんのお許《ゆる》しがやっと出《で》て、学校《がっこう》へ行《い》った。

いよいよ石黒《いしぐろ》くんに会《あ》うかと思《おも》うと緊張《きんちょう》して、心拍数《しんぱくすう》が高《たか》くなってきた。

ふつうにすればいいんだよね。ふつうに！

六年《ねん》一組《くみ》の扉《とびら》の前《まえ》に立《た》ち、深呼吸《しんこきゅう》。

思《おも》いきって、扉《とびら》を開《あ》けようとしたら。

「あ、トオルの彼女《かのじょ》だ！」

――へ？

通《とお》りすがりの男子《だんし》たちにニヤニヤされた。

「あんた、トオルの彼女《かのじょ》なんだろ？　一組《くみ》の転校生《てんこうせい》の」

「え、ちがうよ！　ただの友達《ともだち》だけど……」

「照《て》れなくてもいいじゃん。あいつにクッキーあげたんだよな？　みんな、知《し》ってるんだぞ」

……え？

いま、なんて言《い》った？

「おい、トオルを呼《よ》んでこいよ！」

頼《たの》んでもいないのに、別《べつ》の男子《だんし》に声《こえ》をかけた彼《かれ》。

「あいよ！」

その子《こ》が二組《くみ》の教室《きょうしつ》の窓《まど》をひょいとのぞいた。

「トオル、彼女《かのじょ》が来《き》たぞ！」

とたんに、教室《きょうしつ》が大騒《おおさわ》ぎ！

ピーピーッと口笛《くちぶえ》。拍手喝采《はくしゅかっさい》のシャワー。

おもちゃ箱《ばこ》をひっくり返《かえ》したような騒《さわ》ぎに、凍《こお》りついたわたし。

「うっせーな！　つまんねーうわさ話《ばなし》、マジ受《う》けすんなよっ」

トオルくんのどなり声《ごえ》が聞《き》こえてくる。

「奈々《なな》！」

「奈々《なな》ちゃん、来《き》たんだ！」

夏芽《なつめ》とゆりあが廊下《ろうか》に飛《と》びだしてきた。

「夏芽《なつめ》、ゆりあ！　わ、わたし……」

思《おも》わず、二人《ふたり》の腕《うで》にすがりつく。

「どうなってるの？　なんで、こうなってるの？」

「ごめんね、奈々《なな》！　わけは、あとで話《はな》すから！」

「自分《じぶん》の教室《きょうしつ》に行《い》った方《ほう》がいいわ。ね、奈々《なな》ちゃん」

「う、うん……」

二人《ふたり》につきそわれ、一組《くみ》の教室《きょうしつ》へ。

みんなの遠慮《えんりょ》がちな視線《しせん》を感《かん》じながら、席《せき》についた。

「安藤《あんどう》さん、おっす！」

石黒《いしぐろ》くん……！

ドキン。

いつもと変《か》わらないあいさつ。

いつもと同《おな》じ、明《あか》るい笑顔《えがお》。

どうして、何《なに》も言《い》ってくれないの？

トオルくんじゃないんだよ。

クッキーは、石黒《いしぐろ》くんにあげたのに――。

『いーい？　これ以上《いじょう》、目立《めだ》つことしないで。その方《ほう》が身《み》のためだよ。わかった、安藤《あんどう》さん？』

るりの言葉《ことば》が、リフレインする。

ドキン、ドキン。

ひょっとして。

るりが……？

石黒《いしぐろ》くんからパッと目《め》をそらし、そっぽを向《む》く。

「お、おはよ……」

なんとか声《こえ》をふりしぼって、あいさつを返《かえ》した。

授業《じゅぎょう》はわからないし。ちっとも耳《みみ》に入《はい》ってこないし。

さんざんな一日《にち》で、からだもだるくて、しかたがなかった。

そうこうするうちに、帰《かえ》りの会《かい》が終了《しゅうりょう》。

はやく帰《かえ》ろ。

いまは、はやく帰《かえ》りたい……。

ふらっと教室《きょうしつ》を出《で》て、階段《かいだん》をおりる。

「安藤《あんどう》さん！」

見上《みあ》げると。

トオルくんが、わたしを見《み》おろしていた。

「トオルくん……」

わたしを見《み》つめるその目《め》は、とても真《ま》っ直《す》ぐで。張《は》りつめているように感《かん》じた。

「話《はなし》があるんだ」

どうしよう。

話《はなし》って。

きっと、今朝《けさ》のことだ。

知《し》りたいけど、こわい！

「ここだと目立《めだ》つから」

階段《かいだん》をすばやくおりて、ぐっと手首《てくび》をつかんできた彼《かれ》。

「いいよな？」

と、腕《うで》をひっぱる。

「あっ……」

いやだとは、とても言《い》いだせない雰囲気《ふんいき》。

歩《ある》きだした彼《かれ》のうしろをついていくしかなかった。


ドキ。

もしかして、トオルくん。体育館《たいいくかん》に向《む》かってるんじゃ……？

学校《がっこう》の中《なか》で、いちばん人《ひと》のいない場所《ばしょ》だもん。

手《て》が汗《あせ》ばんで。

こわい予感《よかん》で頭《あたま》がいっぱいになっちゃって。

思《おも》ったとおり！

体育館《たいいくかん》の渡《わた》り廊下《ろうか》のところでまがったんだ。

「ト、トオルくん！　話《はなし》って何《なに》？　どこまで行《い》くの？　やっぱり今朝《けさ》のことだよね。やんなっちゃうよね、わたしたち友達《ともだち》なのに――」

けど、無視《むし》してスタスタ先《さき》を行《い》くトオルくん。

そして、体育準備室《たいいくじゅんびしつ》の前《まえ》を通《とお》りすぎたとき、いきなり立《た》ち止《ど》まった。

「友達《ともだち》じゃない」

「えっ？」

「友達《ともだち》じゃない。そんなふうに思《おも》ったこと一度《いちど》もないよ、おれは」

バン！

「ひゃっ！」

ランドセルごと背中《せなか》を壁《かべ》に押《お》しつけられた。体《からだ》がバフンと弾《はず》む。

顔《かお》のすぐ横《よこ》に置《お》かれた彼《かれ》の腕《うで》が、逃《に》げ道《みち》をふさいでいた。

「なんでなんだよ……」

「え？」

「なんでおれのバッグに入《い》れたのか聞《き》いてるんだよ。翔太《しょうた》あてのクッキーを！　わざとなのかっ？」

トオルくんの口調《くちょう》が変《か》わってた。

11　クッキー事件《じけん》

クッキーが、トオルくんのバッグの中《なか》に？

入《い》れたのは、石黒《いしぐろ》くんのバッグの方《ほう》だ。

信《しん》じられないよ！

「ちがう！　わたし、そんなことしてな――」

「じゃあ、さ！」

びくっ。

トオルくんの片手《かたて》が動《うご》いた。

しわだらけの紙《かみ》をジーンズのポケットから取《と》りだして、

「これ、安藤《あんどう》さんが書《か》いたんじゃないの？　なんなのさ？」

手《て》を広《ひろ》げる。

「――！」

わたしのカードだ！

「どうして、トオルくんが持《も》ってるの？」

「どうしてって、こっちが訊《き》きたいね！」

トオルくんは、カードをわたしの手《て》にクシャッと押《お》しつけた。

「クッキーといっしょに入《はい》ってた。あて名《な》は翔太《しょうた》で、差出人《さしだしにん》は安藤《あんどう》さんだ。中身《なかみ》は読《よ》まなくたってわかるよな？　本当《ほんとう》に安藤《あんどう》さんのものだったらさ」

なんで……？　なんでトオルくんのバッグに入《はい》ってたの？

だれかが入《い》れ替《か》えた？　それとも、わたしがまちがえた？

どっちにしても――。

「ご、ごめんなさいっ。わざとじゃないの。本当《ほんとう》だよっ。石黒《いしぐろ》くんの応援《おうえん》をしたかっただけなの」

じわっと涙《なみだ》がまぶたを押《お》し上《あ》げてくる。

「わざとじゃないよ。トオルくん、信《しん》じて……」

頭《あたま》が真《ま》っ白《しろ》。何《なに》も考《かんが》えられない。

これ以上《いじょう》、説明《せつめい》できないよ……。

「くそっ」

トオルくんが吐《は》き捨《す》てるように言《い》った。

「翔太《しょうた》が好《す》きなのか？　本気《ほんき》で好《す》きなのか？」

こっくり、うなずく。

トオルくんは、苦《くる》しそうに息《いき》をはいた。

「ひでえよ、安藤《あんどう》さん。よりによって、なんでおれのバッグとまちがえたんだよ。あいつは、おれのいちばんのダチなんだぞ。かんべんしてくれよ……」

傷《きず》ついたように歪《ゆが》む、トオルくんの顔《かお》。

ズキン。

胸《むね》がギュウッとしめつけられて。

涙《なみだ》がぽろぽろ頰《ほお》をつたう。

「ごめ、ごめんね。トオルくん」

どうしたら許《ゆる》してくれる？


「おれだって、本気《ほんき》だから」


——え？

トオルくんの親指《おやゆび》がゆっくり、わたしの涙《なみだ》をこすりとった。

「いままで冗談半分《じょうだんはんぶん》にしか、思《おも》われてなかったかもしんねーけど。ここらでハッキリさせとく」

彼《かれ》の顔《かお》が間近《まぢか》におりてきて。

目《め》を細《ほそ》める。

「奈々《なな》。おれはまじで、おまえのことが――」

やっ。

こわい！

「こらーっ、森口《もりぐち》！」

「奈々《なな》ちゃんから、はなれなさいよっ！」

夏芽《なつめ》、ゆりあ！

渡《わた》り廊下《ろうか》をバタバタ走《はし》る二人《ふたり》の姿《すがた》が見《み》えた。

トオルくんがふり向《む》いて、苦《くる》しそうに下《した》くちびるをかんだ。

「おれ、あやまらないからな！」

うしろの柵《さく》を軽々《かるがる》ジャンプして、乗《の》り越《こ》えた彼《かれ》。そのまま中庭《なかにわ》を走《はし》って、姿《すがた》が見《み》えなくなった。

どうなってるの？

何《なに》がなんだかわかんないよ……！

嵐《あらし》が去《さ》ったあとみたい。

いっぺんにいろんなことが起《お》こって。頭《あたま》ん中《なか》がグチャグチャで……。

力《ちから》が抜《ぬ》け、その場《ば》にペタンと座《すわ》りこむ。

「奈々《なな》！」

「奈々《なな》ちゃん、だいじょうぶ？」

夏芽《なつめ》とゆりあがやってきて、わたしを立《た》たせてくれた。

「これ、つかって」

ゆりあからハンカチを受《う》けとり、目元《めもと》にあてる。

「――うっ、く……！」

パキン。

わたしの中《なか》で、何《なに》かが真《ま》っ二《ぷた》つに割《わ》れる音《おと》がした――。

お買《か》い物《もの》に出《で》かけたらしく、お母《かあ》さんはちょうど家《いえ》にいなかった。

ドアのカギを開《あ》けて、

「ただいま……」

靴《くつ》を脱《ぬ》ぎ、二階《かい》へ。

ドサドサッと荷物《にもつ》をおろしたあと、ベッドにダイブした。

『実《じつ》はね、奈々《なな》』

夏芽《なつめ》とゆりあのすまなそうな顔《かお》が浮《う》かんだ。

『森口《もりぐち》と石黒《いしぐろ》くん、あの二人《ふたり》仲《なか》がいいから、おそろいのキーホルダーを付《つ》けてたみたいなんだ
……それで、奈々《なな》がまちがえて森口《もりぐち》のバッグにクッキー入《い》れたところを、たまたまだれかに見《み》られてたらしくて……。それでね、奈々《なな》が休《やす》んでる間《あいだ》に、るりの一派《いっぱ》がすごく騒《さわ》いで……』

『わたしたちも森口《もりぐち》くんも誤解《ごかい》をとこうとしたの。けど、否定《ひてい》すればするほど、みんな信《しん》じちゃって。だからって奈々《なな》ちゃんが石黒《いしぐろ》くんを好《す》きなこと、言《い》えないし……』

『だから、ごめんね。奈々《なな》……』

『わたしたち、なんにもできなくて。ごめん……』

ううん、わるいのはわたし。

二人《ふたり》は、ちっともわるくないよ。

わたしがわるいの。
取《と》り返《かえ》しのつかないこと、しちゃった。
トオルくんを、傷《きず》つけた……――。

12　やっぱり好《す》き

今日《きょう》は雨《あめ》。

ぽたぽた、雨《あま》だれの音《おと》。まるで、だれかの涙《なみだ》みたい。

思《おも》わず手《て》の平《ひら》を差《さ》しだし、しずくを受《う》けとめる。

「静《しず》かだね……」

パンッ。

となりで、ゆりあが傘《かさ》を開《ひら》いた。

「雨《あめ》で校庭《こうてい》がつかえないからね。運動部《うんどうぶ》は、みんなお休《やす》みなんだって。奈々《なな》ちゃん？」

「えっ？」

「安心《あんしん》しなよ、奈々《なな》。あいつ、とっくに帰《かえ》ってるからさ」

夏芽《なつめ》に背中《せなか》をポンポンとされて。

「……ん」

ようやく、うなずくことができた。

あれから、一週間《しゅうかん》。

ずっとトオルくんと話《はな》していない。

そして、石黒《いしぐろ》くんとも。あいさつと必要《ひつよう》な会話《かいわ》以外《いがい》なくて。

ただ時間《じかん》だけがすぎている。

「このままでいいのかな……」

「え、うわさのこと？」

夏芽《なつめ》が傘《かさ》を開《ひら》きながら訊《き》いてくる。

黙《だま》ってうなずいたわたし。

「いこ、奈々《なな》ちゃん」

ゆりあにうながされ、わたしたち三人《にん》は校舎《こうしゃ》の外《そと》へ出《で》た。

「い―んじゃない？　やっと平和《へいわ》になったんだから。森口《もりぐち》も、石黒《いしぐろ》くんファンクラブもおとなしくなったし。そのうち、みんな忘《わす》れるよ」

「そうそう。面白《おもしろ》がってただけよ。気《き》にしなくていいと思《おも》うわ。元気《げんき》だして。奈々《なな》ちゃんにはわたしたちがいるじゃない！」

「うん、そうだね」

わたしには、夏芽《なつめ》とゆりあがいる。

友達《ともだち》って、いいね。

くちびるを微笑《ほほえ》みの形《かたち》にして答《こた》えた。

けど、けどね。

元気《げんき》ださなくちゃと思《おも》う一方《いっぽう》で、胸《むね》がズキズキするんだ。

この痛《いた》み、忘《わす》れちゃいけない気《き》がして。

無理《むり》に消《け》したら、よくない気《き》がして……。

「あ、青《あお》になった」

「はやく渡《わた》ろ！」

パシャパシャ水《みず》たまりを踏《ふ》みながら、横断歩道《おうだんほどう》を渡《わた》る。

「じゃあね、奈々《なな》ちゃん」

「奈々《なな》、バイバイ！」

「うん、バイバイ……」

いつもの分《わ》かれ道《みち》で、二人《ふたり》に手《て》をふった。

一人《ひとり》になったら、傘《かさ》が弾《はじ》く雨音《あまおと》が大《おお》きく聞《き》こえた。

めずらしく車《くるま》が通《とお》らない帰《かえ》り道《みち》。とぼとぼ家《いえ》に向《む》かって歩《ある》く。

公園《こうえん》が見《み》えてきたところで、うしろから水《みず》のはねる音《おと》。

だれかが走《はし》ってくる気配《けはい》がして。

だれだろう?

と、ふり向《む》こうとしたら。

「安藤《あんどう》さん、入《い》れて!」

パーカーのフードをかぶった人影《ひとかげ》が飛《と》びこんできた。

ひえっ!

「ふう――」

フードをはずし、一息《ひといき》はいたその子《こ》は。

「石黒《いしぐろ》くん!」

石黒《いしぐろ》くんが、わたしと同《おな》じ傘《かさ》の下《した》にいる……。

「まいったな。傘《かさ》がないときにかぎって、雨《あめ》だもんな。ひっでーな、たく！」

わたしの視線《しせん》に気《き》づき、

「助《たす》かったよ、安藤《あんどう》さん。おれが持《も》つから！」

傘《かさ》の柄《え》をにぎった石黒《いしぐろ》くん。

そのとき、自分《じぶん》の指《ゆび》が彼《かれ》の手《て》にかすって。

「ひやっ！」

パッと手《て》をはなしちゃった。

ひゃ〜、どうしよ！

手《て》、さわった！

肩《かた》だって、あたってるし……！

――あ。

やだ。

わたしって、ひどい。

こんなときなのに、心臓《しんぞう》がドキドキしてる。

トオルくんのことがあったばかりなのに……。

急《きゅう》に黙《だま》りこんだわたしを見《み》て、石黒《いしぐろ》くんはニッと笑《わら》った。

「安藤《あんどう》さんって、かわいいよな！」

「――ッ！」

「小動物《しょうどうぶつ》みたいでさ」

びっくりしすぎて、息《いき》がとまった。

か、かわいいって！

小動物《しょうどうぶつ》？

「あ、あの、その……ッ」

なんて答《こた》えたらいいのか！

「ぶはっ！　それそれ！　そんなにキョドらなくても！　そこが小動物《しょうどうぶつ》っぽいんだよな」

「いっ、石黒《いしぐろ》くん！」

「あいつさ、だからよけいに気《き》になるって言《い》ってた」

「え？　あいつ……？」

「トオルのことさ」

石黒《いしぐろ》くんは苦笑《くしょう》して、ちょっと遠《とお》い目《め》つきになった。

「いつだったかなあ。あいつヒヨコ飼《か》ってたんだ。すっげーかわいがっててさ。いっしょうけんめいだったんだぜ。けど、かわいがりすぎて死《し》なせちゃったんだ」

「死《し》なせた？　どうして……」

「ケージの中《なか》に入《い》れたまんまじゃ、かわいそうだって。公園《こうえん》へ連《つ》れてって。外《そと》に出《だ》して遊《あそ》んでたら、間違《まちが》って自分《じぶん》の足《あし》で踏《ふ》んづけた」

ええーっ！　何《なに》それっ。

ふっ、

「踏《ふ》んづけたって……」

「トオルのやつ、いまでも後悔《こうかい》しているよ。ヒヨコのこと。そして、安藤《あんどう》さんのことも！」

「えっ、わたし？」

「いっしょうけんめいになりすぎた、ってさ——」

さっきまで笑《わら》ってたのに。石黒《いしぐろ》くん、真顔《まがお》になってた。

前髪《まえがみ》から、しずくがたれている。

「あの……」

言《い》いかけて、ごくっと飲《の》みこんだ。

ヒヨコとわたしを重《かさ》ねるなんて、びっくりだけど。

石黒《いしぐろ》くん、知《し》ってるんだ。

わたしとトオルくんに何《なに》があったのか、わかってて言《い》ってるんだ。

「でさ、あいつのこと、わるく思《おも》わないでほしいんだ」

「………」

「おれ、あいつのことだったら、よく知《し》ってる。チームメイトだし」

「………」

「安藤《あんどう》さんだって、知《し》ってるだろ？　本当《ほんとう》はいいヤツだって――」

もう、やだ。

石黒《いしぐろ》くん、気《き》づいてくれない。

トオルくんのことばっかり。

ちっとも見《み》てくれない。

わたしのこと……！

1%の恋《こい》なんか、
もう、やだっ！

「安藤《あんどう》さんっ！」

ブップウウウ――――ッ！

「きゃっ」

クラクションが鳴《な》ったあと、目《め》の前《まえ》を車《くるま》が通《とお》りすぎた。

「うわー、超《ちょう》ヤバかったなっ」

頭《あたま》のてっぺんから、石黒《いしぐろ》くんの声《こえ》っ？

わたし、わたし――。

抱《だ》きしめられてる！　しっかり！

とくん。とくん。

鼓動《こどう》が高《たか》まっていく。

どうしよ！

心臓《しんぞう》、破裂《はれつ》しちゃいそう……！

はふ、と短《みじか》い息《いき》が髪《かみ》にかかった。

「まいった。急《きゅう》に飛《と》びだすなって」

「ご、ごめん！」

あわてて身《み》を起《お》こす。

石黒《いしぐろ》くんが、ふわんと笑《わら》った。

「まじでビビった。ヒヨコみたいに、ぺちゃんこになるかと思《おも》ったよ。あのとき、おれもいたから……」

雨《あめ》の中《なか》、しんと沈黙《ちんもく》がおりてくる。

石黒《いしぐろ》くん……。

好《す》き。

やっぱり好《す》き……──。

13　届《とど》かない思《おも》い。そして

「わ、降《ふ》ってきた！　安藤《あんどう》さん、雨宿《あまやど》り！」

「う、うん！」

ザンザン降《ぶ》りになったので、あわてて近《ちか》くの軒先《のきさき》に駆《か》け込《こ》んだ。

ドアに休業《きゅうぎょう》の札《ふだ》がぶらさがっていて、喫茶店《きっさてん》はちょうどお休《やす》み。

「へへ。安藤《あんどう》さんまで、ぬれちまったな」

石黒《いしぐろ》くんは、片手《かたて》でくしゅくしゅっと顔《かお》をこすった。

さっき、ギュッとされたせいで。

ほっぺが熱《あつ》い。

心臓《しんぞう》が何回《なんかい》か、ドクンドクンっていって――。

「あっ。さっきは、ありがと。危《あぶ》ないところ……」

きっと、耳《みみ》たぶまで赤《あか》くなってる。

しずくを払《はら》うふりをして、石黒《いしぐろ》くん側《がわ》の耳《みみ》を何度《なんど》もいじる。

「あー、あのさ……」

石黒《いしぐろ》くんの眉《まゆ》の間《あいだ》が開《ひら》いた。

「さっきのはさ、なんていうか。事故《じこ》みたいなもんだし。ていうか、じっさい事故寸前《じこすんぜん》だったけど」

「う、うん！　そ、そーだね。そーだよね！」

「というわけで。気《き》にすんなよ、な？」

ふうー。

そんなこと言《い》われたって困《こま》る。

だって、好《す》きな人《ひと》にギュッとされたんだもん。

思《おも》いっきり気《き》になるって。

ああ、もう。やけくそ。

こうなったら、やけくそだ！

「うん、気《き》にしない！」

あはっ、と乾《かわ》いた笑《わら》い声《ごえ》をあげる。

「ははっ」

石黒《いしぐろ》くんも笑顔《えがお》になった。

「あー、よかった。てっきり逃《に》げられるかと思《おも》った。ちゃんと話《はなし》をする前《まえ》に……」

「え？」

「実《じつ》は安藤《あんどう》さんに、頼《たの》みがあったんだよね。いま話《はな》してもいい？」

「頼《たの》み……？」

訊《き》き返《かえ》すと、石黒《いしぐろ》くんはぬれた前髪《まえがみ》をかきあげた。

「もうすぐ、おれたち、サッカーの練習試合《れんしゅうじあい》があるんだ。けど、トオルのやつ、めっちゃ落《お》ち込《こ》んでて。このままだと、レギュラーを外《はず》されるかもしれなくってさ。だから、安藤《あんどう》さん。試合《しあい》を見《み》に来《き》てほしいんだ。あいつのこと、励《はげ》ましてやってくれないかな……？」

うそ。

胸《むね》がゆれはじめた。

まつげも、ふるえだす。

黙《だま》ってうつむいたら、石黒《いしぐろ》くんの声《こえ》が大《おお》きくなった。

「頼《たの》むよ、安藤《あんどう》さん。どうしてもトオルがいないとダメなんだ。区大会《くたいかい》のトーナメントを勝《か》ちあがっていくためには、あいつの足《あし》が必要《ひつよう》なんだよ」

「石黒《いしぐろ》くん……」

クラスの自己紹介《じこしょうかい》のとき、言《い》ってたね。ベスト・スリーを狙《ねら》ってるって。

いっぱいがんばってることも知《し》ってる。

でも。でも。

「そんなの無理《むり》……」

何度《なんど》もふるふる頭《あたま》をふった。

「だって、わたし。トオルくんとうわさになってるんだもん」

「あ、うん。それは……」

言葉《ことば》につまる石黒《いしぐろ》くん。

「こんな状態《じょうたい》で試合《しあい》を見《み》に行《い》ったら、どうなるか……。トオルくんは、転校《てんこう》してはじめてできた大切《たいせつ》な友達《ともだち》なんだよ。なのに、うわさが本当《ほんとう》だと思《おも》われて、またからかわれて……」

あんな思《おも》い、したくない！

「だから、なんにもできないよ……」

「安藤《あんどう》さん……」

石黒《いしぐろ》くんの目《め》が大《おお》きく見開《みひら》かれ、フッと口元《くちもと》がゆるんだ。

「安藤《あんどう》さんがいい子《こ》でよかったよ。あいつ、安藤《あんどう》さんのこと好《す》きだと思《おも》うよ、ガチで。あ、これ言《い》っちゃったこと内緒《ないしょ》な！」

息《いき》をのんだ。

そんな言《い》い方《かた》、ずるい。

「練習試合《れんしゅうじあい》は今度《こんど》の日曜日《にちようび》なんだ。場所《ばしょ》は河川敷《かせんしき》のグラウンド。ジャスト一時開始《じかいし》だから。トオルも、おれも待《ま》ってる」

石黒《いしぐろ》くんの瞳《ひとみ》、すぐ近《ちか》くにあるのに。

体温《たいおん》が、すうーっとさがっていく。

ショックで涙《なみだ》も出《で》てこないよ……。

「じゃ、安藤《あんどう》さん。今度《こんど》は気《き》をつけて帰《かえ》れよ」

そう言《い》うと、石黒《いしぐろ》くんは外《そと》へ飛《と》びだした。

「だめだよ、約束《やくそく》できない……ッ！」

ザーザー煙《けむ》る雨《あめ》の中《なか》。

パシャパシャ。遠《とお》ざかる石黒《いしぐろ》くんのうしろ姿《すがた》。

水《みず》のはねる音《おと》は、聞《き》こえなくなった。

ひどいよ、石黒《いしぐろ》くん。

他《ほか》の男子《だんし》のために応援《おうえん》に来《こ》いって。

平気《へいき》な顔《かお》で言《い》うんだもん。

どうしたら、ほんのちょっとでも、わたしを気《き》にかけてくれる……？

石黒《いしぐろ》くんのバカ――。


そこから、どう帰《かえ》ったのか覚《おぼ》えていない。

ハッと気《き》づいたら玄関《げんかん》にいて、大《おお》きな白《しろ》い靴《くつ》があって。

あ、お兄《にい》ちゃん。もう帰《かえ》ってたんだ。

と、思《おも》ったんだ。

「た、ただいまー」

靴《くつ》をぬいで家《いえ》にあがり、ぺたぺたリビングに行《い》く。

「おう、おかえり！」

お兄《にい》ちゃんはテレビの方《ほう》を向《む》いたまま、バリバリおせんべいを食《た》べていた。

あーあ。お兄《にい》ちゃんったら、あんなにソファにこぼして。

お母《かあ》さんに怒《おこ》られても知《し》らないよー。

いつもだったら、お兄《にい》ちゃんがリビングにいるときは、さっさと自分《じぶん》の部屋《へや》にひっこんじゃうんだけど。

今日《きょう》は話《はな》したい気分《きぶん》。一人《ひとり》になりたくない……。

「中学校《ちゅうがっこう》、はやかったんだ。めずらしいね」

ランドセルをローテーブルの脇《わき》に置《お》いて、おせんべいに手《て》をのばす。

「ああ、今日《きょう》は短縮授業《たんしゅくじゅぎょう》やったからな……て！　おまえ、手洗《てあら》ってねーじゃん！」

わたしを見《み》たお兄《にい》ちゃんの目《め》が、

「ああっ？」

まんまるになった。

「奈々《なな》、このバカ！　せんべえ食《く》ってる場合《ばあい》じゃねーだろ！」

「え？」

「ちょっと待《ま》ってろ！　そこ動《うご》くなよ！」

バタバタと廊下《ろうか》を走《はし》る音《おと》。

「わ、こっちもぬれてる！」

あわてた様子《ようす》のお兄《にい》ちゃん。

ガチャ、ガチャと戸棚《とだな》の開《あ》く音《おと》がして。

お兄《にい》ちゃんが廊下《ろうか》をすべるように、シューッと戻《もど》ってきた。

「バカ奈々《なな》！　母《かあ》ちゃんに怒《おこ》られるんは、おれなんやぞ！　さっさと拭《ふ》けっ」

バサッとタオルが顔《かお》に命中《めいちゅう》。

「わぷ！」

そうだった。

わたし、さっき雨《あめ》にぬれたんだった。

こんなこと忘《わす》れてるなんて。重症《じゅうしょう》だなあ。

「ごめん、お兄《にい》ちゃん」

髪《かみ》をとき、タオルで拭《ふ》く。

鼻《はな》がムズッ。

「は、はくちッ！」

「あ〜、じれったいな！　何《なに》もたついてるんや！　こっちによこせっ」

お兄《にい》ちゃんが、わたしの頭《あたま》を拭《ふ》いてくれた。

「なんかおかしいぞ、今日《きょう》のおまえ。いつもとろいけど、今日《きょう》は超《ちょう》とろいじゃん。見《み》てるこっちがいらいらするっつーの！」

「ごめん……」

「ま、ええわ！　いつものことやし。今日《きょう》だけは出血大《しゅっけつだい》サービスだからな！」

「いた！　いたたっ。髪《かみ》ひっぱらないでよ！」

お兄《にい》ちゃんのいじわる！

「ふん！　そんくらいガマンしろや！」

ぷ、ぷぷっ。

タオルの下《した》で吹《ふ》きだしちゃった。

気《き》づいてるかな。

お兄《にい》ちゃん、方言《ほうげん》まるだしになってるよ。

でも、うれしい。

言葉《ことば》ってすごいね。

冷《ひ》えた体《からだ》がじんわり、あったまってくる……。

――ん？

ぴたっと、お兄《にい》ちゃんの手《て》が止《と》まった。

「お、お、お、おおうっ！」

意味不明《いみふめい》なお兄《にい》ちゃんの声《こえ》。

ワアーッとテレビの方《ほう》から喚声《かんせい》が聞《き》こえて。

「いやったー、逆転《ぎゃくてん》したぜ！　とうとうひっくり返《かえ》したじゃんかよ！」

お兄《にい》ちゃんが興奮《こうふん》してさけんだ。

「お兄《にい》ちゃん？　何見《なにみ》てるの？」

タオルをはずしてテレビを見《み》たら、バレーボールの試合《しあい》が映《うつ》ってた。

オレンジのラインが入《はい》った黒《くろ》のユニフォーム。

選手《せんしゅ》たちがハイタッチして、喜《よろこ》びあっている。

「都道府県対抗《とどうふけんたいこう》の中学《ちゅうがく》バレーだよ。長嶋《ながしま》のやつが録画《ろくが》、送《おく》ってくれたんや。って言《い》っても、去年《きょねん》の十二月《がつ》のヤツだし、結果《けっか》は新聞《しんぶん》で見《み》たから、わかってるんやけどな！」

「ふーん」

「わかってても、つい見《み》ちゃうんだよなー」

お兄《にい》ちゃん、うれしそう。

前《まえ》の学校《がっこう》ではバレー部《ぶ》だったからね。

いまは中三《ちゅう》だから入《はい》ってないけど、本当《ほんとう》は仲《なか》のよかったみんなとバレーしたいんだろうなあ。

転校《てんこう》しちゃったから、友達《ともだち》に会《あ》えないのはさびしいよね……。

画面《がめん》が観客席《かんきゃくせき》に替《か》わった。

けっこう人《ひと》が入《はい》ってる。おそろいのハチマキしたり、Tシャツ着《き》たりして。すごいなあ。

あれ？

観客席《かんきゃくせき》のいちばん前《まえ》に、大《おお》きな布《ぬの》がたれさがっている。

なんだろう？

「お兄《にい》ちゃん、あれ何《なに》？　あの大《おお》きなやつ！」

急《いそ》いで訊《き》いたけど、とっくに画面《がめん》は替《か》わっていた。

「は？」

お兄《にい》ちゃん、首《くび》をかしげる。

もっと詳《くわ》しく説明《せつめい》した。

「さっき映《うつ》ってたやつ。観客席《かんきゃくせき》の前《まえ》に、大《おお》きな布《ぬの》がかざってあったんだ。英語《えいご》とか漢字《かんじ》とか書《か》いてある……」

「あ、ああ！　あれか！」

お兄《にい》ちゃんはローテーブルの上《うえ》のリモコンをひろうと、ピッピッピッと操作《そうさ》した。

次々《つぎつぎ》テレビ画面《がめん》が替《か》わって、観客席《かんきゃくせき》が映《うつ》ったところでパッと止《と》まる。

「これのことやろ？　紫《むらさき》の字《じ》のおっきいやつ！」

「う、うん、それ！　あ、こっちは赤《あか》！　黒《くろ》や緑《みどり》も！　いろいろあるんだね！」

形《かたち》はどれも長方形《ちょうほうけい》だけど、書《か》かれてる文字《もじ》や色《いろ》はちがうみたい……。

「べつにめずらしくもなんともない。ただの応援幕《おうえんまく》やぞ」

お兄《にい》ちゃんはピッと押《お》したあと、リモコンをソファに放《ほう》り投《な》げた。

「応援幕《おうえんまく》？」

ふたたび試合《しあい》が流《なが》れ、喚声《かんせい》が聞《き》こえだす。

「えーっと、つまりだな……」

お兄《にい》ちゃんの目《め》は、テレビを向《む》いたままだった。

「スローガンや、スローガン！　合《あ》い言葉《ことば》っちゅうか、FIGHT《ファイト》！　っとか、VICTORY《ビクトリー》っとか飛翔《ひしょう》とか。かっこいい言葉《ことば》をならべるんよって、大会《たいかい》のときにな。それを広《ひろ》げて、ワーッと応援《おうえん》するわけ。わかったか、奈々《なな》？」

「ふーん」

応援幕《おうえんまく》か……。

運動会《うんどうかい》のときに作《つく》るクラス旗《き》みたいなものかなあ。

「すごいね。応援《おうえん》のためだけに……」

素直《すなお》に言《い》ったら。

「おいおい、ただの布《ぬの》きれだと思《おも》うなよ！」

お兄《にい》ちゃんは、こっちをふり向《む》いた。

「あるのとないのとじゃ、ぜんぜんちがうんだぞっ。モチベがあがるんだよ、モチベが！　選手《せんしゅ》のヤル気《き》だって変《か》わってくるんやで！」

「え、選手《せんしゅ》の……？」

「おうよ。おまえもいっぺんスポーツの大会《たいかい》に行《い》ってみな！　行《い》くとわかるから！」

「……ッ！」

あ、それだ！

お兄《にい》ちゃんの方言《ほうげん》と同《おな》じ！

その方法《ほうほう》があったんだ！

「お兄《にい》ちゃん、ありがと！　大好《だいす》き！」

「……は？　なんやて？」

けど、時間《じかん》がないよっ。

いそがなくっちゃ！

「おい、奈々《なな》！　わるいもんでも食《く》ったんか──っ？」

騒《さわ》ぐお兄《にい》ちゃんを無視《むし》して、ダダッと階段《かいだん》を駆《か》けあがり、自分《じぶん》の部屋《へや》にとびこんだ。

携帯《けいたい》を手《て》にとって、

『やりたいことがあるの。でも、一人《ひとり》じゃできないの。おねがい、力《ちから》をかして』

夏芽《なつめ》とゆりあに送信《そうしん》。

そのあと、すぐに着信音《ちゃくしんおん》が鳴《な》って。

わたしたちは何度《なんど》かメールを送《おく》りあった。

14　大《おお》きなエールを

「うおーっし！　いいぞっ、そのまま突《つ》っこめー！」
歓声《かんせい》に急《せ》かされるように、堤防《ていぼう》の階段《かいだん》を駆《か》けあがった。
はあ、はあ、はあ。
息《いき》を切《き》らしながら、グラウンドを見《み》おろすと。
得点《とくてん》ボードは、一対《たい》一。
前半《ぜんはん》は互《たが》いに得点《とくてん》なしで、後半《こうはん》に入《はい》り一点《てん》をとりあって。
いまは後半《こうはん》五分《ふん》をすぎたところだった。
練習《れんしゅう》試合《じあい》は接戦《せっせん》らしく。
敵側《てきがわ》の陣地《じんち》に選手《せんしゅ》たちが何人《なんにん》か集中《しゅうちゅう》していた。
その中《なか》に、ボールをキープしてる石黒《いしぐろ》くんが！

トオルくんにパスを出《だ》そうとしてるみたいで。

だけど。

肝心《かんじん》のトオルくんには、二人《ふたり》もマークがついていて。外《はず》そうと走《はし》っても、すぐに追《お》いつかれちゃって……。

あ、あぶない！

うしろからも前《まえ》からも敵《てき》が来《き》て、ボールをうばわれそう！

石黒《いしぐろ》くん！

「あ、あ～！」

ボールがラインの外《そと》にでちゃった……。

「ま、待《ま》ってえ。奈々《なな》ちゃん」

「はあー、つかれた！　ずっと走《はし》ってきたから……」

うしろから聞《き》こえてきたゆりあと夏芽《なつめ》の声《こえ》。

しまった！　またやっちゃった！

無我夢中《むがむちゅう》で走《はし》っていたら、二人《ふたり》を置《お》いてきちゃったんだ！

「ご、ごめんね！　わたし……」

二人《ふたり》のそばへ戻《もど》る。

「ううん、いいのよ！」

ゆりあが、にっこりした。

「奈々《なな》ちゃん、本当《ほんとう》は足《あし》がはやいのね。ゆりあ、びっくりしちゃった」

「それだけ好《す》きってことなんだよね、石黒《いしぐろ》くんのこと！」

夏芽《なつめ》がフフンと笑《わら》う。

ええ〜っ！

「そ、そんな！　からかわないでよう……」

二人《ふたり》にまで冷《ひ》やかされると、照《て》れちゃうよ！

「あ、あー！　奈々《なな》！」

「奈々《なな》ちゃんってば！　グチャグチャになってる！」

やばっ！

力《ちから》いっぱいにぎっていた布《ぬの》のしわを、ササッと直《なお》した。

「……にしても、けっこういるじゃない。応援《おうえん》してる人《ひと》」

と夏芽《なつめ》。

「今年度《こんねんど》はじめての新生《しんせい》サッカー部《ぶ》の練習試合《れんしゅうじあい》だからね……」

ゆりあがグラウンドを見渡《みわた》す。

「ん、そうだね」

わたしも、きりっと背《せ》すじをのばし、グラウンドを見《み》た。

白《しろ》いゴール。

くっきりとした黒《くろ》い影《かげ》。

強《つよ》い日差《ひざ》しの中《なか》、みんな走《はし》りまわってる。

そして、声援《せいえん》を送《おく》る人々《ひとびと》も、きっと汗《あせ》をかいてる。

公式戦《こうしきせん》じゃないけど、ぜったい勝《か》ちたいよね。

勝《か》ってほしいと願《ねが》ってる。

ここにいる人《ひと》、みんな。

もちろん、わたしも……――。

「覚悟《かくご》できてる、奈々《なな》？」

夏芽《なつめ》に肩《かた》をポンとされた。

「みんなの前《まえ》でそれを使《つか》ったら、今後《こんご》どうなるかわからないよ。それでもいい？」

「夏芽《なつめ》……」

反対《はんたい》の肩《かた》にも、そっと手《て》が置《お》かれる。

「もしかしたら、嫌《いや》がらせや、やっかみが、もっとひどくなるかも……」

「ゆりあ……」

二人《ふたり》の真剣《しんけん》な表情《ひょうじょう》を交互《こうご》に見《み》つめたあと……。

こっくりうなずいた。

「うん、できてる。だいじょうぶだよ。だから――」

「奈々《なな》の気持《きも》ちはわかってる。確認《かくにん》しただけ」

夏芽《なつめ》に背中《せなか》をバン！　とたたかれた。

「いたっ！」

「もう言《い》わないいし、何《なに》も訊《き》かない！　ここまで来《き》たんだもん。やろうよ！」

「そうよね！　だれにも遠慮《えんりょ》することないわ。それに、奈々《なな》ちゃんには、わたしたちがいるんだもん」

「わたしだって！　夏芽《なつめ》とゆりあのためなら、なんでもする！　だって、わたしたちチームなんだもん！　チーム1％！」

三人《にん》でいっしょに。

「だよねーっ！」

きゃはは！

と、いっせいに笑《わら》いあう。

「さ、乗《の》りこも！」

「うん！」

グラウンドを目指《めざ》し、階段《かいだん》を駆《か》けおりた。


わかっていたけど、女《おんな》の子《こ》たちがたくさん応援《おうえん》に来《き》ていた。

きゃー、っとスタンディング・オベーション。やんややんや拍手喝采《はくしゅかっさい》してて。

「翔太《しょうた》、翔太《しょうた》、翔太《しょうた》！」

ひっきりなしに青空《あおぞら》に響《ひび》く翔太《しょうた》コール。

あきらかにサッカー部《ぶ》の応援《おうえん》じゃなくって、石黒《いしぐろ》くんだけの応援《おうえん》だよね。

これじゃ、他《ほか》の人《ひと》たちはプレイしづらそう。

「あ、あっち！　向《む》こうが空《あ》いてるよ！」

人《ひと》の少《すく》ないスペースを見《み》つけて、スタンバイ。

持《も》ってきた布《ぬの》を半分《はんぶん》、広《ひろ》げた。

「ここから見《み》えるかな……」

「だいじょうぶだよ、おっきく作《つく》ったんだし！」

わたしの不安《ふあん》を吹《ふ》き飛《と》ばしてくれた夏芽《なつめ》。

「さあ、奈々《なな》ちゃん！」

ゆりあも布《ぬの》のはしをにぎって笑顔《えがお》で待《ま》ってる。

「うん！」

グラウンドに向《む》けて、わたしたちは、いっせいに布《ぬの》をピンとのばした。


風《かぜ》にバタバタあおられる大《おお》きな布《ぬの》。

その布《ぬの》とは、応援幕《おうえんまく》。

チーム１％手作《てづく》りの、特製《とくせい》の応援幕《おうえんまく》なんだ！

『みんな、がんばれ！』

って書《か》いたの！

思《おも》いを込《こ》めて。

でもね。

これは、石黒《いしぐろ》くんにだけじゃないよ。

トオルくんにだけでもない。

みんなへ向《む》けたエールなんだ。

この『みんな』には、わたしも入《はい》ってる。

ううん、わたしだけじゃない。夏芽《なつめ》とゆりあはもちろん！

ここにいる人《ひと》たち、みんなみんな……――。


「わ、すっげー」

「ただの練習《れんしゅう》試合《じあい》なのに、リキ入《はい》ってんなー」

みたいな顔《かお》をされてることが、ひしひし伝《つた》わる。

それでも、ちっとも恥《は》ずかしくない。
だって、いまのわたしにできることは、これしかないんだもん。
大好《だいす》きな石黒《いしぐろ》くんのために。
大切《たいせつ》な友達《ともだち》、トオルくんのために。
わたしができることは、他《ほか》の声援《せいえん》にまぎれてエールを送《おく》ることだけだから……。

そのとき。
気《き》のせいだったかもしれないけど。
トオルくんと目《め》があったような気《き》がしたんだ。
トオルくん……。
そして、キッとゴールを見《み》すえると、彼《かれ》は走《はし》りだした。

「いけいけー！」

「きゃーっ」

ひときわ応援《おうえん》の声《こえ》が大《おお》きくなった。

石黒《いしぐろ》くんが敵《てき》のパスをカット！　インターセプトしてボールをうばったんだ。

そこから、ダダダッとみんなでボールをまわしながら、ふたたび敵陣地《てきじんち》へ。

ぶわーっと気持《きも》ちが高《たか》ぶってきて。

「がんばれー！　みんな、がんばれーっ！」

わたしも、大声《おおごえ》を出《だ》した。

おねがい、勝《か》って！

あと一点《てん》……！

ボールが石黒《いしぐろ》くんに戻《もど》る。

ゴール前《まえ》。

敵《てき》のディフェンスのすきまを狙《ねら》って、石黒《いしぐろ》くんはボールを蹴《け》った。

と同時《どうじ》に、石黒《いしぐろ》くんの口《くち》が動《うご》いたのがわかった！

シュートじゃない。

パスだ！

あっ！

走《はし》りこんできたトオルくんにボールが渡《わた》った！

体《からだ》をひねって思《おも》いっきりキック！

ザシュッ！

キーパーの片手《かたて》を弾《はじ》いて、ボールがネットに突《つ》き刺《さ》さった！

「きゃあ――ッ！」

入《はい》った――！

勝《か》ち越《こ》しのシュートだっ！

「奈々《なな》ちゃん、やったね！　勝《か》てるよっ」

「がんばって応援幕《おうえんまく》を作《つく》ったかいがあったね！」

「うん！」

試合時間《しあいじかん》は、残《のこ》り三分《ぷん》。

あともう少《すこ》し……。

「あ、奈々《なな》！　審判《しんぱん》が時計見《とけいみ》てるっ」

ピッピイ――ッ！
試合終了《しあいしゅうりょう》のホイッスルが鳴《な》って。
二対《たい》一でうちのサッカー部《ぶ》の勝利《しょうり》！
やった～！
やったね、石黒《いしぐろ》くん！
トオルくん、よかったね！
二人《ふたり》ともかっこよかったよ……。
パチパチパチ……。
せいいっぱいの拍手《はくしゅ》を送《おく》った。

人《ひと》がまばらになったグラウンド。
サッカー部《ぶ》の人《ひと》たちは集《あつ》まって、先生《せんせい》の話《はなし》を聞《き》いてる。
きっと反省会《はんせいかい》をやってるんだよね。

タオルで汗《あせ》を拭《ふ》いたり、水《みず》を補給《ほきゅう》したりしながら真剣《しんけん》に耳《みみ》をかたむけていて。これから、もっとがんばらないといけないんだ。区大会《くたいかい》に向《む》けて……。

「あたしたちも、そろそろひきあげようか？」

夏芽《なつめ》が訊《き》いてきた。

「うん。帰《かえ》ろう！　でも、その前《まえ》にコンビニによってアイス食《た》べちゃおうよ！」

うしし、と笑《わら》ったわたし。

「アイスを食《た》べながら反省会《はんせいかい》っていうのはどうかな？」

「ステキ！　ちょうどよかったわ！　コンビニにね、ゆりあ、一押《いちお》しのアイスがあるんだ。奈々《なな》ちゃん、お試《ため》ししてみない？」

「え、ほんと？」

「コクがあって、とってもおいしいの！」

「するするー。買《か》ってみるー！」

「あたしもー！」

三人《にん》で、きゃいきゃい騒《さわ》いでいたら。

「ちょっと、安藤《あんどう》さん！」

と、怒気《どき》をはらんだ声《こえ》がした。

「……え？」

るりが、いたんだよね。

いつも取《と》り巻《ま》きといっしょにいる、るりがだよ！　たった一人《ひとり》で。

「中垣内《なかがいち》さん！」

真《ま》っ先《さき》に、夏芽《なつめ》がサッと進《すす》みでた。

「あたしたち、これから帰《かえ》るの。話《はなし》なら、明日学校《あしたがっこう》で……」

だけど、るりは夏芽《なつめ》を完全無視《かんぜんむし》。

わたしの方《ほう》へ、キッと視線《しせん》を向《む》けた。

「あんた、バカ？　何《なに》してんのよっ！　みんなの前《まえ》で、こんなに目立《めだ》ってさ！　あんなに言《い》ったのに、ちっともわかってないんだから！」

「えっ、何《なに》？　なんのこと？」

「この大《おお》きい布《ぬの》のことを言《い》ってるの！　明日《あした》から何《なに》をされても、ほんと知《し》らないんだから！」

——は？

なんですと？

ぽかん、と、るりの顔《かお》を見《み》る。

も、もしかして……。

いまさっき頭《あたま》にひらめいた言葉《ことば》をそのまま口《くち》にした。

「中垣内《なかがいち》さん、わたしのこと心配《しんぱい》してくれているの？」

一瞬《いっしゅん》の沈黙《ちんもく》。

るりがカア〜ッと顔《かお》を真《ま》っ赤《か》にさせた。

「し、してないわよ……ッ！　あんたたちがハデに応援《おうえん》してるから、注意《ちゅうい》しただけよ！」

「いや、だって。そうとしか……」

こんなに真《ま》っ赤《か》になって否定《ひてい》するところが、思《おも》いっきり怪《あや》しいんだよね。

うーん？

「いいから！　その目《め》、やめなさいっ。べつに安藤《あんどう》さんのために、注意《ちゅうい》しにきたわけじゃないんだから！」

るりの顔《かお》がますます赤《あか》くなっていく。

「まあ！」

ゆりあがおどろいて口元《くちもと》をおおった。

「ツ、ツンデレ……？　萌《も》えの王道《おうどう》だわっ」

ぶっ！

「奈々《なな》。あたしたち、落《お》ち着《つ》いて話《はなし》をする必要《ひつよう》があるんじゃない？」

夏芽《なつめ》がポツリとつぶやく。

「うん、そうだね……」

どこからか、カアカアってカラスの鳴《な》く声《こえ》が聞《き》こえてきた。

まるで、わたしたちを笑《わら》ってるみたい。


「え、えーっと。つまり、こういうこと？」

夏芽《なつめ》はるりから聞《き》いた話《はなし》をまとめはじめた。

「中垣内《なかがいち》さんは石黒《いしぐろ》くんファンクラブのリーダーでもなんでもないってこと？」

「たまたま、ファンクラブの子《こ》たちと仲《なか》がよかっただけなのねえ」

ゆりあが、「んー」と眉根《まゆね》をよせる。

そ、それじゃあ。

わたしたちが誤解《ごかい》していただけなの？

一気《いっき》に、はあーっと気《き》が抜《ぬ》けた。

そういえば、るり……。ふり返《かえ》ってみると、直接《ちょくせつ》いじわるしてなかったような。わたしには、いろいろ言《い》ってきたけどね。

もし、それがだよ。本当《ほんとう》にわたしのためにと思《おも》って、してくれたことだったら。

わたしたちも、うわさだけで判断《はんだん》してたってことに……。

「奈々《なな》！」

「へっ？」

夏芽《なつめ》の視線《しせん》がこっちを向《む》いた。

「当事者《とうじしゃ》として、どう思《おも》う？　確《かく》たる証拠《しょうこ》はないけど」

「ええっ？　しょ、証拠《しょうこ》？」

おだやかでないセリフにドキッとした。

さすが、しっかり者《もの》の夏芽《なつめ》。慎重《しんちょう》だなあ。

「そうねえ。ムシがよすぎる、というか。奈々《なな》ちゃん、どうする？」

いつもマイペースなゆりあまで、警戒《けいかい》してる。

「ゆりあ……」

そうか。だよね。無理《むり》ないよ。

ゆりあ、るりの友達《ともだち》にいじめられてたからね。それに、わたしも……。

けど。だけど……。

自分《じぶん》のことは、ともかく。どうしても訊《き》きたいことがあるんだ。

「……ね、中垣内《なかがいち》さん」

ごくっ、とつばを飲《の》みこんだ。

「あの、トオルくんとのうわさ広《ひろ》げたのは、中垣内《なかがいち》さんが……？」

だとしたら。わたし……。

「ちがうわ。やってない」

るりは、きっぱり否定《ひてい》した。

「じゃ、どうして、ファンクラブの子《こ》たちはうわさをたてたの？　理由《りゆう》を知《し》りたいの」

「え……」

友達《ともだち》のことを告《つ》げ口《ぐち》するような行為《こうい》にためらったのかな。るりは迷《まよ》ってるみたいで。

「だいじょうぶ。ここだけの話《はなし》にする。信《しん》じて」

「でも……」

「中垣内《なかがいち》さん！　これは、わたし一人《ひとり》だけの問題《もんだい》じゃないの。とっても大切《たいせつ》なことなの」

トオルくんときちんと向《む》き合《あ》うためにも、知《し》っておきたい！

るりは、あきらめたみたい。わたしから目《め》をそらしながらも、打《う》ち明《あ》けてくれた。

「安藤《あんどう》さん、石黒《いしぐろ》と席《せき》がとなりだから。それが面白《おもしろ》くなくて、遠《とお》ざけようと思《おも》ったらしいの。あの子《こ》たちの中《なか》では、ぜったい抜《ぬ》け駆《が》けしないってルールになってたから……」

ええ～。

「そんな！　席《せき》なんかで？　林田先生《はやしだせんせい》の決《き》めたことなのに？」

安心《あんしん》して席替《せきが》えできないいじゃん！

「安藤《あんどう》さんだって、いけないいんだよ。先生《せんせい》がエスコートを石黒《いしぐろ》に頼《たの》んだとき、断《ことわ》ればよかったのよ！」

「だって、知《し》らなかったんだもん。石黒《いしぐろ》くんにファンクラブがあるって――」

「知《し》ってたら、断《ことわ》ってた？」

「え、それは……」

肯定《こうてい》できなかった。あのとき、たしかにうれしい気持《きも》ちがあったし。

それに、たとえ好《す》きな人《ひと》にファンクラブがあっても、自分《じぶん》の気持《きも》ちには関係《かんけい》ない。

知《し》ってても断《ことわ》らなかったかもしれない。

「あたしは言《い》ったじゃない。目立《めだ》つことするなって。彼女《かのじょ》たちを刺激《しげき》しないでほしかったのよ」

「そ、そうだったら、そうと言《い》ってよー」

「それはわるかったと思《おも》ってる。でもね、いい気味《きみ》だと思《おも》ったのも本当《ほんとう》。あんたたち、とくに安《あん》藤《どう》さん、うざいから」

は？

「勝算《しょうさん》なんかこれっぽちもないくせに、必死《ひっし》になってがんばってさ。バッカみたいよ、あんたたち。みっともないわよ」

ひどい。

何《なに》もそこまで、言《い》うことないじゃない！

わたしたち、がんばってるんだよ！

そう反論《はんろん》しようとしたら、

「本当《ほんとう》に目障《めざわ》りなのよ！　かないもしない相手《あいて》に夢中《むちゅう》になっちゃって！　しなくてもいい苦労《くろう》な

んかして！」

るりの語気《ごき》がエスカレート。

「こっちは、がんばりたくても、がんばれないのに。がんばったらダメなのに……！」

うそ。

信《しん》じらんない。

「あんたたちのせいよ。考《かんが》えないようにしてたのに！　思《おも》い出《だ》しちゃったじゃない！　バカ！　最低《さいてい》ッ」

るりの目《め》からぽろっと涙《なみだ》がこぼれた。

「ちょ、ちょっと！」

「もう、やだ！　反則《はんそく》！」

「まあ、たいへん！」

わたしたち、大《だい》パニック！

だって、るりが！

気《き》の強《つよ》そうな性格《せいかく》のるりが、泣《な》いているんだもんんっ！

わたしたちの前《まえ》でっ。

「なんだか今度《こんど》は、わたしたちがいじわるしちゃったみたいねえ」

「何《なに》のんきなこと言《い》ってんのよ、ゆりあ！」

おち、おちっ、落《お》ち着《つ》かなくちゃ！

はふはふ！

し、深呼吸《しんこきゅう》！

「な、中垣内《なかがいち》さん！」

先《さき》に落《お》ち着《つ》きを取《と》り戻《もど》した夏芽《なつめ》が、るりにたずねた。

「がんばりたくてもがんばれないって、どういうこと？　石黒《いしぐろ》くんファンクラブの抜《ぬ》け駆《が》けをしないってルールのことを言《い》ってるんじゃないの？」

るりは、ゴシゴシ涙《なみだ》を拭《ふ》いた。

「同《おな》じことを何度《なんど》も言《い》わせないで！　石黒《いしぐろ》のことなんか、好《す》きでもなんでもないっ」

え！

あの石黒《いしぐろ》くんを邪険《じゃけん》に言《い》う子《こ》がいるなんて！

じゃ、じゃあ。

もしかしたら……！

「中垣内《なかがいち》さん、好《す》きな人《ひと》がいるんだ？」

気《き》づいたら、わたし勝手《かって》に口《くち》が動《うご》いてた。

もう、それしか考《かんが》えられないんだもん。

るりは涙《なみだ》でぬれた目《め》でわたしをにらんだ。

「だったら、なんなのよっ！　あたしに好《す》きな人《ひと》がいたらいけないの？」

わわっ。

「べつに、そんなつもりでは……」

はあ〜あ。いちいち突《つ》っかかるような言《い》い方《かた》しかできないのかな？

ほんと、まいっちゃうよ。

でもさ。さっき顔《かお》を真《ま》っ赤《か》にさせたところを見《み》ると。るりは絶対《ぜったい》に、照《て》れ屋《や》さんなんだ。

いじわるな子《こ》だなあと思《おも》ってたけど。それは嫌味《いやみ》でもなんでもなくて。照《て》れ屋《や》さんだから、ついキツイ口調《くちょう》になるんだ。

なあんだ。そうだったんだー。

「言《い》いたいことがあるなら、ハッキリ言《い》いなさいよ！」

ぎろっと、またまたにらまれちゃった。

くふふ！

照《て》れ屋《や》さんだと知《し》ったら。そんな強《つよ》がりもなーんか！　かわいく思《おも》えちゃうんだよねー。

「んー、そうだなあ」

わざと、じらすような言《い》い方《かた》をした。

「じゃあさ、中垣内《なかがいち》さん、どんな人《ひと》が好《す》きなのかな？　できれば、教《おし》えてほしいなあって。そう思《おも》ったんだ」

「なんで、教《おし》えなくちゃいけないの？」

「えー、だって。すっごく気《き》になるんだもん！　夏芽《なつめ》もゆりあも気《き》になるでしょう？」

「う、うん！　そりゃあ、どっちかといえば気《き》になる」

と、夏芽《なつめ》。

「わたしもよ。すっごく気《き》にならなくもないわ」

ゆりあも賛同《さんどう》……してるのかな？

とたんに、るりはムッとした。

「いやよ」

「だって、中垣内《なかがいち》さん泣《な》いたじゃない。そんなところ見《み》たら、ほっとけないよ！」

「ほっといていいわよ」

「いや、ほっとけない！」

わたしも負《ま》けずに言《い》い返《かえ》した。

すると、またまたるりが。

「あたしもいや！」

「じゃ、名前《なまえ》は言《い》わなくていいから！」

わたしとるりの押《お》し問答《もんどう》がしばらく続《つづ》いて……。

「もう、わかったわよ。言《い》えばいいんでしょう！」

とうとう、るりの方《ほう》が先《さき》にねをあげた。

「あたしの好《す》きな人《ひと》はね、彼女《かのじょ》もちなの！」

「ええっ、彼女《かのじょ》もち？」

「そうよ、あんたたちと同《おな》じ！　あたしもみっともない片思《かたおも》いをしてるの！　どう、これで満《まん》足《ぞく》？　だったら笑《わら》いなさいよっ」

「あ……」

わたしたちといっしょだ。

るりも苦《くる》しい片思《かたおも》いをしてるんだ。

「そっか、そういうことか……」

「だから、わたしたちのこと嫌《きら》いだったのね」

夏芽《なつめ》とゆりあがうなずく。

るり、ずっと一人《ひとり》でがんばってたんだ……。

「夏芽《なつめ》、ゆりあ」

二人《ふたり》の名前《なまえ》を呼《よ》んで、気持《きも》ちを込《こ》めてうなずく。

そうしたら、二人《ふたり》とも、わたしと同《おな》じことを考《かんが》えていたようで、うなずき返《かえ》してくれた。

すうっと息《いき》を吸《す》う。

大《おお》きな声《こえ》で、

「みんな、がんばれ！」

と言《い》った。

「みんな、がんばれ！」

「みんな、がんばれ！」

夏芽《なつめ》とゆりあも、るりに向《む》かってエールを送《おく》った。

「……え？」

きょとんとした顔《かお》で、るりがわたしたちを見《み》つめた。

「いきなり、何《なに》？　まじであんたたち頭《あたま》おかしくなったの？」

わたしたち、いっせいに吹《ふ》きだした。

「ううん。これはね、チームの合《あ》い言葉《ことば》みたいなものなんだ！」

「わたしたち三人《にん》で、チーム１％なの」

「１％しか実《みの》らない恋《こい》のために、がんばってるんだよ！」

「ふん、それが何《なに》よ。どうしたっていうの？　たかが１％の恋《こい》のためにがんばるなんて変《へん》じゃない！」

てへへ。

なるほど、そう来《き》たか！

るりが素直《すなお》じゃないってことは、とっくにわかってる。

だから、わたしはストレートにいくよ！

「けど、可能性《かのうせい》は0%じゃない。わざわざ自分《じぶん》から0%にすることないよ！　わたしたちと、もっといっぱい話《はな》そ。いろんなことを！」

そのとき、さわやかな風《かぜ》が吹《ふ》いてきて。

ざわざわ梢《こずえ》が揺《ゆ》れた。

「——というわけで。ね、中垣内《なかがいち》さん！　わたしたちのチームに入《はい》らない？」

「いやよ！　絶対《ぜったい》いや！」

「ええー、そんなこと言《い》わずに！　ね、夏芽《なつめ》、ゆりあ？」

「あたしはいいけど。ゆりあは？」

「うふ！　楽《たの》しくなりそう。よろしくね、るりちゃん！」

「る、るりちゃん？　勝手《かって》に決《き》めないでよ！」

チーム1%に新《しん》メンバーが加入《かにゅう》するのは、時間《じかん》の問題《もんだい》……かな？

15　わたしの恋《こい》は

あー、しまった！　あと五分《ふん》で予鈴《よれい》だよっ。
こういうときにかぎって、信号《しんごう》が赤《あか》。ちっとも青《あお》にならないんだよね。
もーうイライラしちゃう……。
はやく変《か》われー。はやく変《か》われー。はやく変《か》ーわれっ！
「おっす、安藤《あんどう》さん！」
——あ、この声《こえ》！
石黒《いしぐろ》くんがニッと笑《わら》って立《た》っていた。
日焼《ひや》けしたのかな。鼻《はな》の頭《あたま》が赤《あか》くなってる。
ドキッ。
少《すこ》し、たくましくなったような気《き》が……。

「お、おはよ、石黒《いしぐろ》くん！　今日《きょう》は朝練《あされん》ないんだね」

うわ。ドキドキが止《と》まらないよー。

「うん、休《やす》み。のんびりしてたら、こんな時間《じかん》になっちゃってさ」

おどけるように、肩《かた》をすくめた石黒《いしぐろ》くん。

「え、えへへ……」

思《おも》わず照《て》れ笑《わら》いしちゃった。

こんなところで遭遇《そうぐう》するなんて思《おも》ってなかったからっ。まだ心《こころ》の準備《じゅんび》ができてないよ！

か、髪《かみ》！　グチャグチャになってないかなっ。ササッと直《なお》す。

「そういう安藤《あんどう》さんは？」

「わ、わたし？　えっと、あ、朝寝坊《あさねぼう》……」

なんかギクシャクしちゃうなあ。

そんな気配《けはい》を感《かん》じとられたらしく、

「あのさ、トオルのことだけど……」

石黒《いしぐろ》くんは申《もう》し訳《わけ》なさそうに、話《はなし》を切《き》りだした。

「あいつ、あれから何《なん》かふっきれたみたいでさ。元気《げんき》になったんだ。その報告《ほうこく》とお礼《れい》」

「えっ！」

「まだ、カラ元気《げんき》かもしんないけど。ありがとう、安藤《あんどう》さん。あの応援幕《おうえんまく》、助《たす》かった！　もしよかったら、学校《がっこう》でもトオルに声《こえ》をかけてやってよ」

そっか。トオルくん、元気《げんき》になったんだ……。

よ、よかった！　うれしいな……。

「べ、べつにお礼《れい》なんて……。それに一人《ひとり》でやったんじゃないんだ。夏芽《なつめ》とゆりあにも手伝《てつだ》ってもらったの！」

「へえー、そうなんだ。あの応援幕《おうえんまく》、でかかったもんな！」

「そうだよ、がんばって作《つく》ったんだよ」

「実《じつ》をいうと、びっくりしたんだよね。だって、ただの練習試合《れんしゅうじあい》だろ？　けどさ、がぜんヤル気《き》が出《で》て！　めっちゃうれしかった！」

時間《じかん》が遅《おそ》すぎるせいか、横断歩道《おうだんほどう》の前《まえ》で二人《ふたり》きり。

こんなところ、るりに見《み》られたら。また怒《おこ》られちゃうかなー。

と思《おも》いつつ、そっと石黒《いしぐろ》くんの顔《かお》を見《み》つめた。

ひきしまったライン。

整《ととの》った鼻筋《はなすじ》。

くっきりした目元《めもと》。

近《ちか》くで見《み》れば見《み》るほど、ステキだな。

きゅん、としちゃう。

そして、信号《しんごう》が青《あお》になって、横断歩道《おうだんほどう》を渡《わた》ろうとしたら。

「その手《て》……！」

石黒《いしぐろ》くんの目《め》が大《おお》きくなった。

「ばんそうこうだらけじゃないかっ。あ……！　さっき応援幕作《おうえんまくつく》ったって……？」

やばっ。

とっさに手《て》をうしろにかくす。

「え、えっとね。これは、そのう……」

どうしよ、見《み》られちゃった！

応援幕《おうえんまく》を縫《ぬ》ったときに、針《はり》で刺《さ》した傷《きず》……。

わたしが家庭的《かていてき》な女《おんな》の子《こ》じゃないってこと、これで知《し》られちゃったよね……。

わたしの恋《こい》は前途多難《ぜんとたなん》だ。がんばろうと決《き》めた日《ひ》から、めげそうになることばっかりだよ。

ふいに、白《しろ》い朝《あさ》の光《ひかり》がかげって。石黒《いしぐろ》くんに顔《かお》をのぞきこまれた。

「ひゃ！」

「髪《かみ》にお弁当《べんとう》がついてる！」

「え、お弁当《べんとう》？　髪《かみ》に？」

なんだろ、お弁当《べんとう》って？

髪《かみ》をあちこちさわってみたけど、てんでわかんない。

「そこ！　右側《みぎがわ》の耳《みみ》の近《ちか》くに、ごはんつぶ！」

あ、やだ！

お弁当《べんとう》って、ごはんつぶのことだったんだ。あわててごはん食《た》べたから！

自分《じぶん》の手《て》でとろうとしたら。

「ちょっと待《ま》って！」

石黒《いしぐろ》くんの手《て》がのびてきて。

ひええっ！

わたしの髪《かみ》にスッとふれた。

「へへ、もうとれた」

と笑《わら》う石黒《いしぐろ》くん。

「あっ、ありがと……！」

あーあ、もう！　子供《こども》みたい。超《ちょう》はずかしいよー。

手《て》でバタバタあおぎ、熱《あつ》くなったほっぺに風《かぜ》を送《おく》る。

「ほら、安藤《あんどう》さん！　信号《しんごう》！」

石黒《いしぐろ》くんに急《せ》かされて、

「う、うん！」

横断歩道《おうだんほどう》を渡《わた》った。

先《さき》を行《い》く石黒《いしぐろ》くんの背中《せなか》を見《み》ながら思《おも》った。

石黒《いしぐろ》くん、どうしてやさしいの？

みんなに、やさしいの？　それとも、わたしにだけ……？

「安藤《あんどう》さん、どうした？」

横断歩道《おうだんほどう》を渡《わた》り終《お》えたとき、石黒《いしぐろ》くんがふり返《かえ》った。ちょっとだけ高《たか》い位置《いち》から、わたしを見《み》おろす。

「う、ううん。なんでもない！」

みっともなく、おたおたしちゃったわたし。

石黒《いしぐろ》くんがボソッと言《い》った。

「なあ、安藤《あんどう》さん。ひとつ訊《き》いてもいいかな？」

「な、何《なに》？」

なんだろう、あらたまった言《い》い方《かた》して……。

「あ、安藤《あんどう》さんさ。やっぱり、うわさは本当《ほんとう》なの？」

「うわさ？」

「トオルとのうわさのことだよ。だってさ、その手《て》を見《み》たら、つい。信《しん》じちゃいそうで……」

——え？

石黒《いしぐろ》くんにまで誤解《ごかい》されちゃうの？

いや！

そんなの、やだ！

「信《しん》じたらダメ！」

「へ？」

「わたしの好《す》きな人《ひと》は、トオルくんじゃない！　だって、わたしの好《す》きな人《ひと》は、好《す》きな人《ひと》は石黒《いしぐろ》く……！」

「え、おれ……？」

息《いき》がとまった。

わたしったら、なにを？

とんでもないこと口走《くちばし》った！

石黒《いしぐろ》くんに、好《す》きって言《い》っちゃった！

びっくりして、口《くち》に手《て》をあてる。

「おれ……？」

もうやだ。

頭《あたま》から湯気《ゆげ》が出《で》そう――ッ！

それでも勇気《ゆうき》を出《だ》して。

走《はし》って逃《に》げたくなるほどの衝動《しょうどう》をおさえて言《い》ったんだ。

「そうだよ、石黒《いしぐろ》くんが好《す》きなの――」

どくん、どくん。

はじめて会《あ》ったときから、いつも目《め》で追《お》っている。

わたしの瞳《ひとみ》にうつるのは、きみ一人《ひとり》だけ。

石黒《いしぐろ》くんしかいないの……。


信号《しんごう》が変《か》わり、車《くるま》の音《おと》が沈黙《ちんもく》を破《やぶ》った。

石黒《いしぐろ》くんは何《なに》かを言《い》いかけたけど、口《くち》を閉《と》ざした。

どっと波《なみ》のように押《お》し寄《よ》せてくる不安《ふあん》。

「い、石黒《いしぐろ》くん！」

とっさに言葉《ことば》をつなげた。

「あの、だからね！　トオルくんとのことは……」

「安藤《あんどう》さん」

「は、はいっ！」

え、もう返事《へんじ》？

緊張《きんちょう》して声《こえ》がうらがえっちゃう。

そのとき。石黒《いしぐろ》くんの瞳《ひとみ》がゆれた。

「安藤《あんどう》さん、おれのこと。そんなふうに言《い》ってくれてありがとう……」

とくん！

心臓《しんぞう》が大《おお》きくはねた。

石黒《いしぐろ》くんを見上《みあ》げる。

おだやかな表情《ひょうじょう》。

やさしい瞳《ひとみ》。

そんな目《め》で見《み》つめられたら、期待《きたい》しちゃう……。

本当《ほんとう》に期待《きたい》してもいいのかな？

そう信《しん》じて口《くち》を開《ひら》こうとしたとき、石黒《いしぐろ》くんが話《はなし》を続《つづ》けた。


「でも、ごめん。安藤《あんどう》さん、おれ好《す》きな子《こ》がいるんだ」

――え？

「ごめん。ごめんな……」

恋《こい》しても恋《こい》しても届《とど》かなかった思《おも》い。
この思《おも》いは、これからどうしたらいいんだろう……。
石黒《いしぐろ》くんの好《す》きな子《こ》ってだれ？
わたしの知《し》ってる子《こ》なの？
わたしの恋《こい》、終《お》わっちゃった。
１％が０％になっちゃった……！

次回予告《じかいよこく》

石黒君《いしぐろくん》には好《す》きな人《ひと》がいると
知《し》ってしまった奈々《なな》！
この先《さき》どうなっちゃうの!?

奈々《なな》

くすん……石黒君《いしぐろくん》にふられちゃった…！
でも、あきらめちゃダメだよね！
1％《パーセント》の恋《こい》なんだもん。そうかんたんにいかない――ていうか、うまくいったらチーム脱退《だったい》になっちゃう！

夏芽《なつめ》

思《おも》ったより奈々《なな》が元気《げんき》そうでよかったけど……石黒君《いしぐろくん》の好《す》きな人《ひと》ってだれなのかな？ちょっと気《き》になるかも。

ゆりあ

気《き》になるといえば、るりちゃん、本当《ほんとう》に2巻《かん》でチーム1％《パーセント》に入《はい》ってくれるのかしら？とってもいい子《こ》なのに素直《すなお》になれなくって、かわいいわよね。ツンデレラってかんじ♡

るり

だ、だれがツンデレラよ…

ゆりあがアニメ・マンガを好《す》きになった理由《りゆう》って？
トオル君《くん》は奈々《なな》をあきらめたの？
石黒君《いしぐろくん》の意外《いがい》すぎる恋《こい》の相手《あいて》って？
るりの好《す》きな人《ひと》ってどんな人《ひと》？
林田先生《はやしだせんせい》にも何《なに》かヒミツが？
まだまだ見逃《みのが》せないことがいっぱいの1%《パーセント》！
続《つづ》きをお楽《たの》しみにね!!
第《だい》2巻《かん》の主役《しゅやく》はゆりあ!!
1%《パーセント》
第《だい》2巻《かん》
2015年《ねん》12月《がつ》15日《にち》発売予定《はつばいよてい》

あとがき

角川《かどかわ》つばさ文庫《ぶんこ》の読者《どくしゃ》のみなさん、はじめまして！　このはなさくらです。

このたびは『1%《パーセント》』を手《て》にとってくださり、ありがとうございました。

奈々《なな》たちといっしょにキュンキュンしてくれたかな？

え、まだ？　あとがきを先《さき》に見《み》てるだけ？　という方《かた》へ。ちょっとだけ内容《ないよう》をご紹介《しょうかい》いたします！

奈々《なな》は小《しょう》6の女《おんな》の子《こ》。春休《はるやす》みに引《ひ》っ越《こ》したばかり。河川敷《かせんじき》のグラウンドで出会《であ》ったサッカー少年《しょうねん》・翔太《しょうた》に片思《かたおも》い中《ちゅう》。彼《かれ》はファンクラブのあるモテ王子《おうじ》のため、見《み》つめることしかできません。そんなときゆりあと夏芽《なつめ》と仲《なか》よくなり、チーム1%《パーセント》を結成《けっせい》します。でもファンクラブのリーダー（？）るりににらまれているようで……？

これ以上《いじょう》はネタバレしちゃうのでナイショ。読《よ》んでからのお楽《たの》しみです！

この『1%《パーセント》』という物語《ものがたり》は、今読《いまよ》んでくださっているあなたを思《おも》って書《か》きました。ここに登場《とうじょう》するキャラたちはみんな、あなたです。恋《こい》に悩《なや》んだとき、悲《かな》しい失恋《しつれん》をしたとき、あの子《こ》のこと好《す》きなのかもと気《き》づいたとき、奈々《なな》たちのことを思《おも》い出《だ》してね。きっと奈々《なな》たちもあなたをチーム1%《パーセント》の仲間《なかま》として迎《むか》えてくれます。あ、もちろん！めでたく両思《りょうおも》いになった子《こ》も大歓迎《だいかんげい》です。そのときは先輩《せんぱい》として奈々《なな》たちに恋《こい》のアドバイスしてください！

さて、ここで次回《じかい》の予告《よこく》。2巻《かん》はゆりあが主人公《しゅじんこう》です。奈々《なな》の恋《こい》と同時《どうじ》に、ゆりあの恋《こい》も進行《しんこう》します。ゆりあの相手《あいて》はどんな男子《だんし》なのかな？　楽《たの》しみに待《ま》っていてくださいね。

最後《さいご》になってしまいましたが、奈々《なな》たちをかわいらしく描《か》いてくださった高上優里子《たかがみゆりこ》先生《せんせい》、ご指導《しどう》くださいました編集部《へんしゅうぶ》の坂内《さかうち》さん、ならびに校正作業《こうせいさぎょう》をはじめの『1%《パーセント》』に携《たずさ》わってくださったスタッフのみなさん、たいへんお世話《せわ》になりました。深《ふか》く感謝申《かんしゃもう》し上《あ》げます。そして、応援《おうえん》してくださった友人《ゆうじん》、わたしの大切《たいせつ》な家族《かぞく》にも感謝《かんしゃ》を。

それでは、またお会《あ》いする日《ひ》まで。みなさん、ステキな恋《こい》をいっぱいしようね！

このはなさくら

角川つばさ文庫

このはなさくら／作

４月22日生まれのおうし座O型。長崎県生まれの愛知県育ち。あちこち引っ越したあと、現在は名古屋市在住。ちょこっとだけアメリカに住んだことがあります。日々増えていく本の保管場所が悩みの種です。子供のころは漫画家になりたいと思っていました。胸キュンな恋のお話やワクワクする冒険のお話が大好きです。

高上優里子／絵

３月23日生まれのおひつじ座O型。広島県生まれ。「なかよし」などで活躍中の漫画家。主な作品に「本当にあったツライいじめ」シリーズ（講談社）、「少女結晶ココロジカル」（講談社／高岡しゆ名義）などがある。アイドルと女の子が大好き。

角川《かどかわ》つばさ文庫《ぶんこ》　Aこ5-1

1%《パーセント》

①絶対《ぜったい》かなわない恋《こい》

作《さく》　このはなさくら
絵《え》　高上優里子《たかがみゆりこ》

2015年８月15日　初版発行
2017年５月30日　13版発行

発行者　郡司 聡
発　行　株式会社KADOKAWA
〒102-8177　東京都千代田区富士見 2-13-3
03-3238-8521（カスタマーサポート）
http://www.kadokawa.co.jp/
印　刷　大日本印刷株式会社
製　本　大日本印刷株式会社
装　丁　ムシカゴグラフィクス

ISBN978-4-04-631540-3　C8293　N.D.C.913　222p　18cm

落丁・乱丁本は、送料小社負担にて、お取り替えいたします。KADOKAWA読者係までご連絡ください。
（古書店で購入したものについては、お取り替えできません）
電話　049-259-1100（9：00～17：00／土日、祝日、年末年始を除く）
〒354-0041　埼玉県入間郡三芳町藤久保550-1

読者のみなさまからのお便りをお待ちしています。下のあて先まで送ってね。
いただいたお便りは、編集部から著者へおわたしいたします。

〒102-8078　東京都千代田区富士見 1-8-19　角川つばさ文庫編集部

角川つばさ文庫発刊のことば

角川グループでは『セーラー服と機関銃』(81)、『時をかける少女』(83・06)、『ぼくらの七日間戦争』(88)、『リング』(98)、『ブレイブ・ストーリー』(06)、『バッテリー』(07)、『DIVE!!』(08)など、角川文庫と映像とのメディアミックスによって、「読書の楽しみ」を提供してきました。

角川文庫創刊60周年を期に、十代の読書体験を調べてみたところ、角川グループの発行するさまざまなジャンルの文庫が、小・中学校でたくさん読まれていることを知りました。

そこで、文庫を読む前のさらに若いみなさんに、スポーツやマンガやゲームと同じように「本を読むこと」を体験してもらいたいと「角川つばさ文庫」をつくりました。

読書は自転車と同じように、最初は少しの練習が必要です。しかし、読んでいく楽しさを知れば、どんな遠くの世界にも自分の速度で出かけることができます。それは、想像力という「つばさ」を手に入れたことにほかなりません。

「角川つばさ文庫」では、読者のみなさんといっしょに成長していける、新しい物語、新しいノンフィクション、角川グループのベストセラー、ライトノベル、ファンタジー、クラシックスなど、はば広いジャンルの物語に出会える「場」を、みなさんとつくっていきたいと考えています。

読んだ人の数だけ生まれる豊かな物語の世界。そこで体験する喜びや悲しみ、くやしさや恐ろしさは、本の世界の出来事ではありますが、みなさんの心を確実にゆさぶり、やがて知となり実となる「種」を残してくれるでしょう。

かつての角川文庫の読者がそうであったように、「角川つばさ文庫」の読者のみなさんが、その「種」から「21世紀のエンタテインメント」をつくっていってくれたなら、こんなにうれしいことはありません。

物語の世界を自分の「つばさ」で自由自在に飛び、自分で未来をきりひらいていってください。

ひらけば、どこへでも。――角川つばさ文庫の願いです。

角川つばさ文庫編集部